# LE JEU DES OMBRES

LOUISE ERDRICH

# LE JEU DES OMBRES

roman

*Traduit de l'américain*
*par Isabelle Reinharez*

TERRES D'AMÉRIQUE

ALBIN MICHEL

« **Terres d'Amérique** »

Collection dirigée par Francis Geffard



*Édition originale américaine parue sous le titre :*
SHADOW TAG
chez HarperCollins, USA, en 2010

# PREMIÈRE PARTIE

*2 novembre 2007*

CARNET BLEU

Maintenant, j'ai deux agendas. Le numéro un, c'est le Mémento Journalier à couverture rouge et cartonnée, semblable à ceux dans lesquels j'écris depuis 1994, quand nous avons eu Florian. Tu m'as offert le premier pour que j'y consigne ma première année dans mon rôle de mère. C'était vraiment adorable de ta part. J'écris dans ce genre de carnets depuis ce temps-là. Ils sont tous cachés au fond d'un tiroir, dans mon bureau, sous un tas de bolducs et de papier cadeau. Le dernier en date, celui qui t'intéresse à présent, je le garde tout au fond d'un classeur métallique plein de vieux relevés bancaires, de chéquiers d'anciens comptes oubliés, le genre de choses que nous nous jurons chaque année de passer à la déchiqueteuse, mais que nous finissons par fourrer dans des dossiers. Après avoir pas mal cherché, je suppose, tu as trouvé mon agenda rouge. Tu t'es mis à le lire pour découvrir si je te trompais.

Le second, que l'on pourrait appeler mon véritable agenda, c'est celui dans lequel je suis en train d'écrire. Aujourd'hui, j'ai pris la voiture pour me rendre à l'agence bancaire de la Wells Fargo, installée dans les beaux quartiers de Minneapolis, sous le *Sons of Norway Hall*, le centre culturel norvégien. Je me suis garée sur le parking clients, je suis entrée, j'ai franchi deux doubles portes vitrées et descendu un escalier en colimaçon. J'ai tapé sur une clochette de comptoir et une certaine Janice est apparue. Elle m'a aidée à acquérir un coffre de taille moyenne. J'ai payé en liquide pour une année de location et apposé ma signature, trois fois pour vérification, sur la fiche. J'ai pris la clé que Janice m'a tendue. Elle s'est munie de celle qui fait la paire avec la mienne et m'a menée dans la salle des coffres. Une fois le mien extrait de son emplacement dans le mur, elle m'a ouvert un des trois petits cabinets privés, chacun ne contenant rien de plus qu'une étagère fixée à hauteur de bureau et une chaise. J'ai fermé la porte de ma salle privée et sorti ce carnet bleu du grand sac en cuir noir que tu m'as offert pour Noël. Dix ou quinze minutes se sont écoulées avant que je parvienne à commencer. J'avais le cœur qui battait tellement fort. J'étais incapable de dire si ce que je ressentais était de la panique, du chagrin, ou, allez savoir, de la joie.

Dès que le vrombissement de la voiture d'Irene fut englouti par le vacarme continu et assourdi de la ville, Gil se redressa. La serviette dont il se servait pour se protéger les yeux glissa. Il s'allongeait souvent sur le divan de son atelier quand il avait besoin de se reposer les yeux, et il lui arrivait de s'assoupir. Il pouvait dormir là une heure durant, mais le plus souvent il se réveillait en sursaut au bout d'une quinzaine de minutes, revigoré et très étonné, comme si on l'avait plongé dans la fraîcheur d'un ruisseau souterrain. Il s'assit en tâtonnant à la recherche de ses lunettes, qu'il posait parfois en équilibre sur sa poitrine. Les ovales métalliques avaient en effet fini par terre. Il les récupéra, les accrocha derrière ses oreilles. Ses cheveux drus étaient implantés bas sur son front et il les rabattit en arrière, lissa et rattacha sa courte queue de cheval grise. Il s'avança vers le tableau de sa femme et l'observa. Il avait des yeux rapprochés, froids, curieux et sombres. Il pressa la jointure d'un de ses doigts contre son menton. Ses joues maigres étaient mouchetées de peinture jaune.

Il scruta le portrait d'Irene, puis fronça les sourcils et détourna son regard, en battant des paupières comme quelqu'un qui distingue mal une silhouette lointaine. Il se pencha soudain en avant, et ajouta quelques touches crispées. Il recula, enveloppa son pinceau dans un bout de toile cirée, puis glissa le pinceau et la palette dans un sac de congélation Ziploc. Qu'il déposa dans un petit réfrigérateur. Il prit l'escalier goulûment, quitta son atelier et descendit à la cuisine. Il sortit du frigo la seule canette de Coca qu'il s'autorisait chaque jour. En la buvant à petites gorgées, il continua de descendre et pénétra dans le bureau en sous-sol de sa femme. Il alla droit au classeur métallique couleur sable et ouvrit un tiroir marqué Anciens Cptes.

*1^er^ novembre 2007*

AGENDA ROUGE

Quelle drôle de journée, la maison est tellement vide et Gil là-haut ne cesse de retravailler un tableau. Je suppose qu'il a du mal à me demander de recommencer à poser pour lui. Flo et Stoney vont bien maintenant, après la fièvre. Riel ne tombe jamais malade, mais cette année elle a des difficultés en classe. Stoney crée un jeu de société pour un projet extrascolaire, où il est question des mœurs des ours bruns. Très Minnesota. Je crois que vais perdre la tête à cause de ce que je fais.

Il crut vraiment sentir son cœur se vider de son sang lorsqu'il lut ces mots. *Je crois que vais perdre la tête à cause de ce que je fais.* Il posa la tête sur le chêne frais du bureau, mais songea alors, comme toujours lorsqu'il tombait sur une allusion cachée à l'autre homme : je m'attendais à quoi, bon sang ? C'est moi qui me suis fourré dans cette histoire. Je l'ai bien cherché. Il tenta de maîtriser sa réaction, et se força à réfléchir à d'autres explications : peut-être parlait-elle de sa thèse d'histoire. Ou de ce vieil article sur Louis Riel. Avant les enfants, elle avait publié quelques travaux qui avaient été jugés remarquables ; c'était une spécialiste pleine d'avenir. Ses recherches avaient apporté du nouveau, jeté un éclairage sur l'état mental de Louis Riel. Elle avait continué à travailler après la naissance de Florian. Mais quand elle était retombée enceinte, elle avait tout abandonné – sauf qu'elle avait donné à leur fille le nom du patriote Métis déprimé, un homme qui était un lointain parent de Gil. Riel avait onze ans. Et maintenant que Stoney était entré à l'école, Irene tâchait de terminer sa thèse de doctorat, pour pouvoir se mettre en quête d'un poste. Elle travaillait à présent sur l'artiste du XIX^e^ siècle George Catlin, le peintre des Indiens d'Amérique.

Peut-être qu'elle souffrait de frustration universitaire ? Qu'elle perdait la tête – à cause de George Catlin et de sa représentation maladroite, répétitive, sincère, des personnes – qui toutes tomberaient malades et mourraient peu de temps après. Gil lui-même ne supportait pas de regarder la peinture de Catlin. Son ironie tragique le choquait. Et pour Irene, c'était une piètre excuse.

*Je crois que je vais perdre la tête.* Bon, tant mieux, c'était la preuve qu'il subsistait quelque chose de la conscience d'Irene. Elle méritait de souffrir, en quelque sorte – secrètement, intimement, si ce n'était publiquement – pour ce qu'elle leur infligeait à tous. Irréfléchie, irréfléchie, irresponsable ! Il se redressa d'un coup, plaqua avec violence ses paumes sur le bureau. Quelques gouttes giclèrent hors de la boîte de soda, qui toutefois ne se renversa pas. Il la finit avant de replacer l'agenda à l'endroit exact où il l'avait trouvé. Il songea à appeler Irene sur son portable, mais doutait qu'elle réponde. Irene s'agitait beaucoup l'après-midi, et faisait des courses avant de passer chercher les enfants à l'école. Elle revenait toujours munie d'une preuve éclatante de la tâche dont elle s'était acquittée – un sac rempli de provisions, une cuvette en plastique, des bordereaux de remise de chèques. Ou bien elle faisait de la gym – elle était solide et avait une paisible confiance en son corps. Elle se sentait capable de tout. C'était une excellente nageuse. Il n'y avait, bien sûr, rien de mal à cela. Quantité de personnes athlétiques étaient des épaves sur le plan affectif. Il secoua la tête et ferma les yeux.

Irene America, de plus de dix ans sa cadette, avait été le sujet de ses tableaux dans toutes ses incarnations – mince et virginale, une jeune fille, puis femme, enceinte, nue, dans des poses sages ou franchement pornographiques. Il avait donné son nom à chacun des portraits. *America 1. America 2. America 3. America 4* venait d'être vendu pour quelques centaines de milliers de dollars. Si seulement il en avait gardé quelques-uns parmi les plus anciens, les meilleurs portraits. Ils se vendaient encore plus cher. La série devenait très célèbre, ou était déjà très célèbre. Avant Irene, il avait peint des paysages, des scènes de la vie sur les réserves qui rappelaient aux gens les tableaux de Hopper. On l'avait qualifié d'Edward Hopper indien – agaçant. Il n'avait pas fait les Beaux-Arts, mais il avait lu, et peint, peint sans relâche, et observé. Ensuite il avait vécu à New York pendant deux ans, travaillé pour des galeries, à des installations pour d'autres artistes. Chaque soir il était rentré chez lui et avait consacré son temps à son œuvre personnelle. Il avait enseigné un moment dans une petite université. Mais les étudiants lui avaient paru vaniteux et arrogants. Il avait perdu patience avec eux. Il avait réuni un peu de fric en tapant les uns et les autres et s'était mis à peindre à plein temps. Les tableaux s'étaient vendus. Il n'avait pas regardé en arrière. Il avait rencontré le succès, sans pour autant être très connu. C'était un artiste qui pouvait faire vivre une famille grâce à son travail – un bel exploit. Mais à présent il perdait confiance et contrôle de soi. Ses tableaux lui échappaient, se dissimulaient, parce qu'Irene dissimulait quelque chose. Il le voyait à l'opacité de ses yeux, à l'insolence de sa chair, à la lassitude impatiente de son corps quand elle baissait la garde. Elle avait cessé de l'aimer. Son regard était un vide sans air.

Gil était assis au bureau d'Irene quand au rez-de-chaussée les enfants passèrent la porte avec fracas, se débarrassant de leurs manteaux, ôtant leurs chaussures. Il entendit leurs sacs à dos heurter le sol juste au-dessus de sa tête, puis le bruit de leurs pas diminuer en s'éloignant vers la cuisine. Ils étaient plus silencieux, ouvraient le réfrigérateur, murmuraient en grignotant. Irene remplissait le tiroir à goûters et le frigo d'aliments qui pouvaient se manger aussitôt, tandis que Gil achetait des haricots secs, du riz, de la viande surgelée, des pâtes en quantités industrielles, et planquait ses provisions au fond des placards et du congélateur. Il entendait maintenant les enfants fouiner partout comme des écureuils, leurs pattes dans la cellophane des paquets de biscuits et de chips. Il songea à monter y mettre le holà, mais avant qu'il bouge ils avaient grimpé l'escalier à pas lourds pour rejoindre leurs chambres, et le silence était revenu.

Depuis maintenant des années, songea-t-il, il pleurait une mort sans bien savoir qui était mort ni comment c'était arrivé. Il avait d'abord ressenti ce chagrin pendant l'amour, mais s'y était habitué. Elle lui donnait du plaisir, pourtant chacun avait cessé de scruter le visage de l'autre, et les mots érotiques qu'ils employaient sonnaient creux. Puis, au fil du temps, faire l'amour était devenu quelque chose de plus obscur, de plus douloureux.

On aurait dit qu'elle n'était pas tout à fait là, mais sous l'eau, et qu'elle le regardait. Il lui semblait qu'elle s'en était allée lutter contre un profond drame intérieur dont il ne découvrirait l'intrigue qu'une fois ce drame résolu. Il redoutait déjà que l'issue ne tourne pas en sa faveur. Alors il se donnait du mal. Pourtant il ne parvenait à attirer son attention que par la force, au lit, et trouvait leur colère – ils se griffaient, se mordaient et même se tapaient dessus – à la fois torride et gênante. Certains jours, où il n'avait pas l'énergie de la courtiser au moyen de cadeaux surprise, il se servait des enfants pour communiquer avec elle. Il faisait tout un plat d'un petit problème. Mais ensuite elle lui filait toujours entre les doigts.

Autrefois, elle posait pour lui avec enthousiasme. Il y avait eu entre eux quelque chose de légèrement électrique, un champ magnétique en perpétuelle transformation, pendant qu'il peignait. Gil avait d'abord consacré toute son attention à la jeunesse d'Irene, mais ensuite il avait peint avec tendresse l'effet de l'expérience sur la chair. L'empreinte de sa bouche sur celle d'Irene. Âge, temps. De la neige glissant le long d'une branche jusqu'à ce que sa blancheur s'écrase sur le sol. La mollesse fourbue d'Irene après l'accouchement. Ses seins, brûlants de fièvre au moment de la montée de lait, gonflés, d'une rondeur superbe, et tellement sensibles que son lait s'échappait au moindre contact. Elle avait donné la tétée dans son atelier, nue, se servant d'oreillers pour soutenir le bébé, et il avait à l'époque deux tableaux en cours, un pour chaque côté. C'était le bonheur. Après que les bébés étaient devenus des petits en âge de marcher, puis de jeunes enfants, il avait peint son corps qui se rétractait et s'affermissait. Pendant un moment, il l'avait délaissée pour peindre d'autres sujets. Mais avec les portraits il avait travaillé à un niveau mythique – les représentations d'Irene évoquaient aussitôt les questions d'exploitation, le corps indigène, la dynamique dévorante de l'histoire. Plus encore – il avait atteint un niveau technique qui lui accordait un pouvoir presque illimité. L'expressionnisme abstrait imposait alors sa dictature, mais Gil était avec crânerie resté fidèle à la peinture figurative, et à présent sa capacité à employer les techniques des maîtres anciens semblait plus ou moins sans restriction.

L'indifférence d'Irene provoqua chez Gil un déchirant sentiment de manque. Et ses secrets le précipitèrent dans un état d'abattement obsessionnel où il se mit à produire son meilleur travail. Peu importait le péché qu'elle avait commis, il avait le sentiment de la voir d'un œil pur. On disait de lui qu'il était un charmant hypocrite, mais dans son art il ne voulait rien d'autre qu'atteindre la vérité. Alors comment pouvait-il incriminer le corps d'Irene, songeait-il, s'il se représentait lui-même dans le tableau, lui-même dans le miroir, à l'instar de Vélasquez, à l'instar de Degas s'approchant à pas de loup d'une prostituée à son bain. S'il n'avait pour pinceau qu'un cil de chat, et qu'une seule toile sur laquelle travailler jusqu'à la fin de ses jours, ce serait un portrait d'Irene.

Elle l'avait aimé de tout son cœur. Elle l'avait admiré et lui avait accordé sa confiance. Elle avait cru qu'il était l'homme le plus extraordinaire au monde. En fait, elle continuait à l'affirmer. Mais elle l'affirmait à présent d'un ton qu'il trouvait condescendant.

Il se leva et repoussa la chaise. Il s'étira, prit la canette de soda et ferma la porte en douceur avant de remonter. C'était à son tour de faire la cuisine, ce soir-là. L'homme qu'elle voyait ne cuisinait pas. Il en avait la quasi-certitude. Il ne savait même pas comment elle s'arrangeait pour voir celui qu'il soupçonnait, un homme dont il avait été l'ami. Germain vivait en gros à deux mille six cent cinquante-huit kilomètres de là, sur une hauteur de Seattle, avec sa femme, Lissa, une travailleuse humanitaire vulnérable que par chance ses bonnes œuvres entraînaient autour du monde sans lui. Germain Okestaf-Becker portait un double nom, relié par un trait d'union, ce qui était d'un politiquement correct à dégueuler. En outre, il était plus indien que Gil, trois-quarts contre un quart, Germain le battait donc de cinquante pour cent, ce qui était un énorme plus car les femmes sang-mêlé craquaient en général pour les hommes à la peau plus foncée, et c'était probablement le cas d'Irene, même si elle se gardait bien de l'avouer. Gil avait pourtant la quasi-certitude d'être plus qu'acceptable sur le plan sexuel – pour parler crûment, bon passons… après tout elle avait choisi d'avoir des enfants avec lui. Les femmes indiennes, quel que soit leur pourcentage de sang indigène, choisissent très soigneusement les hommes avec qui elles ont des enfants, pas seulement à cause des gènes et tout ça, mais pour des questions d'appartenance tribale et d'avantages accordés par le gouvernement, en vertu des traités, qui peuvent aller jusqu'à la priorité pour l'entrée à l'université. Avoir des enfants, c'était la grande affaire.

Irene avait dû l'aimer énormément pour lui donner des enfants alors que ses racines tribales – un méli-mélo de Klamath, de Cree et de Chippewa sans terres du Montana – n'étaient pas reconnues. Il n'avait donc, bien entendu, pas une seule part dans un casino, et devait vivre de son art. Il avait la quasi-certitude qu'elle l'avait épousé pour son art, puis avait petit à petit découvert que ce n'était pas drôle de vivre avec son art. Son talent n'était pas lui ; son talent faisait de lui quelqu'un de barbant, et le soir il buvait trop parce que la concentration de la journée l'épuisait. Et puis, de plus en plus, elle aussi – buvait trop et l'exténuait.

Il était vidé, là, et se sentait seul sans Irene. Cette heure qui s'intercalait entre leurs journées respectives lui donnait le sentiment d'être invisible. Il se versa un verre de vin et, attentif, parcourut la cuisine du regard. Il sortit du réfrigérateur des œufs, du beurre, du cheddar affiné, du lait. Quelques semaines plus tôt, Irene avait parlé de soufflé au fromage. Il allait lui faire la surprise ; elle allait adorer. Il prit son livre de cuisine préféré, le maintint ouvert grâce à un marque-page lesté en plastique transparent à l'usage des cuisiniers, et se mit à suivre les instructions avec une extrême attention. Il adorait faire la cuisine, et la lessive, parce qu'une tâche accomplie à la perfection en suivant les indications pouvait donner des résultats positifs immédiats.

Gil passa en revue la table mise. Pas si mal. Assiettes vertes, serviettes jaunes. Le soufflé au fromage. De la baguette craquante. Une jolie salade de pousses d'épinards, noix poêlées, poires. Une bouteille de blanc bien frais.

Alors, qu'est-ce que vous avez fait, tous, aujourd'hui ? demanda-t-il. Stoney, toi d'abord.

Stoney était un enfant de six ans timide qui secouait d'un air interloqué les cheveux hirsutes frisant derrière ses oreilles. Ses yeux étaient plus clairs que sa peau, ce qui le rendrait un jour terriblement séduisant. Pour le moment, il était perdu, gauche, et une de ses dents de devant, en bas à droite, était tombée. Gil voyait déjà en son fils un autre artiste. Il se voyait dans la passion innée de Stoney pour le dessin et la peinture. En même temps, il enviait les atouts de son fils et allait jusqu'à convoiter le superbe matériel que lui achetait Irene. Il arrivait à Gil de ramasser un morceau de papier épais que Stoney avait jeté après seulement quelques traits de crayon. Gil emportait ces rebuts dans son atelier pour s'en servir, et se souvenait d'avoir dessiné avec un stylo bille minable, un tout petit bout de crayon, ou un crayon de cire chipé à l'épicerie. Ses premiers travaux, il les avait griffonnés sur des bouts de carton, l'intérieur de boîtes de macaronis et de céréales, et sur du papier d'emballage récupéré dans la poubelle d'un magasin.

Qu'est-ce que tu as dit ? Qu'est-ce que tu as fait ? demanda Gil à Stoney.

J'ai peint.

Qu'est-ce que tu as peint ?

Euh, des décors. Pour une pièce.

On ne commence pas une phrase par *euh*. Pourrais-tu reformuler cela ?

Le regard de Stoney vacilla, cherchant de l'aide. Irene

posa la main sur le bras de Gil, lui tapota le poignet jusqu'à ce qu'il tourne les yeux vers elle.

Des décors pour une pièce.

Phrase entière ?

Stoney a peint un décor pour une pièce, Gil. C'est un truc sympa pour un petit de six ans. Irene se servit de salade, puis déclara d'un ton plus doucereux : Ton soufflé est sensationnel. Tu es un grand cuisinier !

Qui aurait cru qu'un artiste d'une telle envergure saurait également s'y prendre avec l'humble œuf de poule ? lança Florian. Il avait un visage de faune, subtil et malicieux. De tous les enfants, il ressemblait le plus à Gil.

Gil revint à Stoney. Où en est ton travail sur les ours bruns ?

C'est pas les ours bruns, papa.

Ah non ? C'est quoi ?

Les loups.

La fourchette d'Irene marqua un temps d'arrêt au-dessus d'un quartier de poire Bosc. Elle posa sa fourchette à côté de son assiette. Loups. Ours bruns. Elle avait commis la même erreur dans son agenda, l'avait écrit. Elle resta si longtemps les yeux fixés sur son assiette que Gil la regarda. Elle respirait vite.

Ça va ?

Je ne me sens pas bien.

Les visages des enfants se figèrent ; ils parurent terriblement effrayés. Riel – la canaille débraillée – bondit de sa chaise pour toucher la manche de sa mère.

Maman…

Ça va, je vous assure, juste un petit mal de tête ! Brutalement ! Il faut que j'aille…

Ils tendirent le cou pour la suivre quand elle quitta la pièce.

Ne restez pas là bouche bée, ordonna Gil. Il versa ce qui restait de vin dans son verre. Et ne finissez pas votre lait avant d'avoir terminé votre repas. Florian, ta salade ?

Oui, papa.

Un seul morceau de pain, Riel, et vas-y doucement avec le beurre.

Maman, ça va ?

En gros oui, pour le reste, non. Et maintenant arrête de poser des questions.

*2 novembre 2007*

AGENDA BLEU

Tu faisais moins attention et depuis quelque temps j'avais d'étranges impressions. Comme si tu lisais dans mes pensées ou que tu anticipais sur ce que j'avais en tête. Tu veillais à bien remettre mon agenda là où tu l'avais trouvé, et aussi à ne rien déranger dans ma pièce. Mais ce n'était pas tout. Je n'arrivais pas à me l'imaginer. C'était un manque d'imagination de ma part. Ou du moins, c'est ce que j'ai d'abord pensé. Mais maintenant, assise dans ce petit bureau de la banque, je m'aperçois que je n'ai pas mis beaucoup de vérités dans mon agenda rouge. Et que je le cachais. J'avais dû savoir que tu ne pourrais pas t'empêcher de l'ouvrir, pour tenter de trouver le secret.

Tu m'as peinte pendant pas loin de quinze ans. Au cours de cette période, j'ai eu des secrets. Je les ai laissés se poser comme des libellules à la surface de mon corps. Un jour, tu as même peint une aile compliquée, transparente, parcourue de veines, à l'intérieur de ma cuisse, et j'ai songé – il voit !

Nos enfants sont nés dans tes mains. Qu'y a-t-il d'autre que tu aies à savoir ?

On m'a appris à penser que la vie avance de façon inéluctable depuis son point de départ formateur, et que son cours est difficile à changer. S'il en va de même pour l'amour, alors il y a eu de mauvais présages dès le début : la nuit qui a précédé notre mariage, j'ai rêvé que j'étais férocement attaquée et mise en pièces par des chiens sauvages. Tu connaissais à peine ton père, et ta mère souffrait d'une curieuse faiblesse dans tout le côté gauche qui la faisait pencher vers toi de façon menaçante. Tu as treize malencontreuses années de plus que moi. Mais voici le plus révélateur : tu voudrais me posséder. Et mon erreur : je t'aimais et t'ai laissé croire que c'était possible.

Après avoir laissé en plan le bon dîner que tu avais préparé, je suis descendue dans mon bureau et j'ai tiré la chaise. Ours bruns. Loups. Et le soufflé. C'était limpide. J'ai posé la main sur le chêne frais de ma table de travail et effleuré le rond où tu avais posé ta boîte de soda, remarqué l'endroit poisseux où tu n'avais pas essuyé l'éclaboussure sucrée.

Irene remonta à la cuisine et lava les assiettes que les enfants avaient bien entassées sur la paillasse. Ils étaient dans leurs chambres, occupés à leurs devoirs. Elle leur demanderait de descendre un par un pour réciter leurs leçons et réviser leur piano. Gil regardait CNN, juste à côté, dans le petit bureau. Il avait coupé le son et parlait au téléphone. On s'avançait de manière inexorable vers l'heure du coucher. Les chiens dormaient dans l'entrée, au pied du grand escalier.

Où que soit la famille, ces deux chiens, des bâtards de berger âgés de six ans, se postaient au beau milieu des allées et venues. Gil les appelait des chiens portiers. Et c'est vrai, ils étaient curieux et obligeants. Mais ils n'étaient ni débordants d'affection ni tellement joueurs. Ils étaient attentifs et sérieux. Irene les trouvait pleins de gravité. L'allure posée. Elle voyait en eux des diplomates. Elle avait remarqué qu'à chaque fois que Gil était sur le point de se mettre en colère, un des chiens arrivait et se débrouillait pour détourner son attention. Parfois ils faisaient les idiots, mais c'était joué à la perfection. Un jour où une facture pour une vidéo de location égarée avait mis Gil en rogne, un des chiens avait foncé sur lui et levé la patte sur sa chaussure. Gil engueulait Florian quand la pisse avait giclé, et Irene avait éprouvé un brusque sursaut de fierté à l'égard du chien.

Quand les enfants furent endormis, Irene se glissa à la salle de bains, ferma la porte à clé, se fit couler un bain et entra dans l'eau qui picotait la peau. C'était une baignoire à l'ancienne, longue et profonde, et Irene pouvait soulever légèrement les hanches et étendre ses jambes jusqu'au tuyau clapotant du trop-plein. Si elle était née Indienne deux siècles plus tôt, elle espérait qu'elle aurait eu la chance d'appartenir à une tribu dotée d'une source chaude. Elle aurait farouchement combattu l'homme blanc, pour un bon bain chaud. Une vie sans eau chaude serait difficile à supporter. Elle pensait que cela faisait d'elle une créature faible, avide de confort, limitée, par certains côtés. Mais il n'y avait pas que le divin picotement de l'eau. Il y avait sa nudité. Pouvoir être seule avec elle. Sans exigence vis-à-vis d'elle, que ce soit celle de son mari, dont la réaction à cet égard était bien trop compliquée, celle de ses bébés, qui lorsqu'ils marchaient à peine trouvaient que sa nudité était une joyeuse plaisanterie, ou même celle du miroir, qui exigeait qu'elle la juge comme le fait une femme, à travers les yeux des autres.

Quand elle sortait avec Gil, elle cultivait un aspect négligé. Elle savait qu'elle était tout de même une femme impressionnante. Elle portait les cheveux en bataille, et appliquait avec soin des ombres à paupières démodées. Ombre à paupières vert vif. Rouge à lèvres violet. Fard à joues. Parfois elle se couvrait le visage d'une épaisse couche de poudre blanche, à la façon d'une geisha. Elle était élancée, grande, brune de peau, et ne savait pas s'exprimer. Un marchand d'art l'avait comparée à une panthère, ce que Gil avait répété des semaines durant, mais Irene avait aimé se croire séduisante, enfermée dans son silence, plutôt que muette et empruntée. Son pouvoir, si elle en possédait un, tenait à sa fausse indifférence.

Il fallait qu'elle rejette le poids du regard de Gil. Existe sans être observée. Elle parviendrait ainsi petit à petit à calmer la douleur causée par la conscience qu'elle avait d'elle-même. Les bains étaient donc spirituels. Ils faisaient davantage que laver, ils reconstituaient. Irene pouvait engloutir sa conscience dans des sensations purement physiques – bien-être en apesanteur, le flottement langoureux de ses mains, la fine transpiration sur son front, son cuir chevelu aussi serré qu'un chapeau, la petite brûlure derrière ses paupières closes, la panique martelant sa gorge.

Les mots étaient encore là dans les pensées de Gil : *Je crois que je vais perdre la tête à cause de ce que je fais*, quand il frappa doucement à la porte de la salle de bains.

Je peux entrer ?

C'est fermé. Je suis dans la baignoire.
Qu'est-ce que tu fais ?
Je prends un bain.
Tu en as pour longtemps ?
Je lis, aussi.
Qu'est-ce que tu lis ?

Irene fit tourbillonner l'eau sur ses seins, et se tourna vers la porte en fronçant les sourcils.

Un journal personnel, finit-elle par crier.

Gil était silencieux, mais elle savait qu'il était toujours là.

Ah ? De qui ?

Irene réfléchit un instant.

Le journal de Christophe Colomb, celui qu'il a tenu pendant sa première traversée.

Ah bon ? Gil s'appuya au montant de la porte. Ils s'entendaient l'un l'autre parfaitement.

Il raconte sa première rencontre avec un être humain du Nouveau Monde – une jeune fille qui s'approche à la nage de son bateau. Tu te souviens ? Un moment emblématique. Gil, tu es toujours là ?

Oui.

T'es-tu jamais demandé ce qui est arrivé à la jeune fille ? En a-t-il fait une esclave, ou est-elle morte emportée par une maladie du Vieux Monde ? Aucun membre de sa tribu n'a survécu plus de dix ans. Comment a-t-elle été tuée ? Les femmes nagent toujours vers les hommes, en toute confiance ! Nous sommes curieuses comme des loutres alors que nous devrions être méfiantes comme des serpents.

Irene pouffa, un petit rire étrange et léger qui rendit un son creux en frappant le carrelage. Gil se détourna de la porte, fou de rage.

Comment peux-tu dire une chose pareille ! Il s'en alla, trop silencieusement pour qu'elle l'entende. Tu es le serpent ! Tu as injecté du venin dans mon cœur !

Dès que Gil pensa *serpent*, *poison*, il lui vint une idée. Il monta dans son atelier et se planta devant un panneau de bois dont il allait se servir. Il avait toujours plusieurs tableaux en route. Il adorait peindre sur du bois, mais il était difficile de trouver de belles surfaces et il préférait ne pas utiliser d'aggloméré. Il hantait les scieries, les déchetteries et les entrepôts de récupération. Parfois une vieille porte en chêne massif d'un hôtel particulier de St. Paul tombait entre ses mains. Du chêne blanc. La Joconde avait été peinte sur du peuplier blanc. Il adorait peindre sur des portes. Il lui arrivait de les couper en deux à la scie, de les poncer, de modifier leur forme. Pourtant quand il peignait sur un panneau de bois qui avait été une porte, un peu de cette fonction première passait dans le tableau. Il s'ouvrait et se fermait, comme la porte autrefois. L'aura de sa condition de porte, des possibilités mystérieuses, l'acte d'entrer dans une autre pièce – autant de choses qui subsistaient vaguement dans l'œuvre.

Gil avait déjà préparé son support, l'avait enduit de colle de peau de lapin, de gesso, l'avait poncé, puis avait répété l'opération couche après couche jusqu'à ce qu'il obtienne une surface soyeuse. Il se tenait maintenant devant le panneau vierge. Il resta assis une heure, à le scruter. Il partit et revint, posa quelques touches, s'en alla, revint encore. Il voyait et rejetait des compositions. Il devait en passer par des centaines, parfois des milliers, avant de mettre sa scène en place, de faire poser Irene, ou de sortir exécuter d'autres dessins, de les rapporter, de les mettre à l'essai. De rassembler son tableau jusqu'à ce qu'il devienne définitif et occupe son esprit tout entier. Le serpent, le venin, la haine. Il pensait ces choses-là. La haine de Gil était une source d'énergie utile, elle corsetait son attention et apportait de la clarté. Où était la vérité ? Le panneau était une question ouverte. Il s'en approcha et d'une main légère esquissa quelques formes. Son cœur battait vite. Il s'assit de nouveau. Il tourna la tête. Son visage de furet, intelligent, séduisant, était figé, intense.

Soudain, Gil sentit l'odeur de sa mère rentrant à la maison après avoir travaillé au sous-sol de l'église. Elle n'était pas vraiment là, bien sûr, mais l'odeur qu'elle dégageait toujours quand elle revenait du travail lui frappa les narines. Dans cette boutique installée au sous-sol d'une église, elle triait les dons faits à la mission indienne – vieux disques vinyles et soutien-gorge tachés de sueur, chaussures trouées et assiettes mises au rebut. Elle avait toujours eu cette odeur d'objets d'occasion, inévitable chez les pauvres. Mais l'odeur était plus forte quand elle rentrait du travail. Elle avait dans les bras des magazines pour lui, des livres, et tout ce qui touchait à l'art. Elle volait du papier blanc dans le bureau du curé, des crayons noirs. Gil se fabriquait des fusains en brûlant des bouts de bois. Il dessinait sans arrêt, en cachette. Ses doigts ne cessaient de remuer tandis qu'il copiait ce qu'il voyait sur la peau de son bras, le tissu de son pantalon, le vernis grêlé de trous de son pupitre.

Sa mère avait adoré ses dessins et les avait conservés dans une boîte qu'elle gardait sous son lit. Quand il avait l'âge de Riel, un refroidissement s'était insinué dans un côté du corps maternel. S'était mué en paralysie. La bouche de sa mère s'affaissa, son œil ; bientôt le mal atteignit sa hanche et son épaule. Plus le temps passait plus elle était tordue, jusqu'à ce qu'un jour elle s'effondre. Il l'avait remise debout comme une énorme poupée, et à partir de là elle avait eu la démarche titubante d'une marionnette et basculait encore de temps en temps.

Ils avaient habité Havre. Ils habitèrent Bismarck et Rapid City. Ils habitèrent Billings, et ils avaient habité nulle part, un coin perdu, dans une vieille maison où on les avait laissés en rade sans voiture et où ils avaient mangé les feuilles des pissenlits dans le jardin. À la ferme, ils avaient attrapé des pigeons à l'aide d'un vieux rideau en nylon, les avaient tués à coups de bâton, et rôtis. Ils avaient trouvé un accordéon, des couvertures, des casseroles, un matelas plein de taches et une boîte de couleurs, dans cette maison. La première fois où Gil avait pressé un tube pour en faire sortir la peinture, de la peinture jaune, elle lui avait paru succulente et il en avait eu l'eau à la bouche.

Maintenant sa respiration était précipitée et sa bouche sèche alors qu'il croquait la femme titubante, la femme tombée, la femme qu'il ramassait et remettait debout, et la femme qui tombait encore. Tout cela, sous la seule et unique forme d'Irene. Le fait de savoir ce qu'il voulait, la tension de le voir dans sa tête, l'excitation de le rendre visible, lui raidissaient les doigts. Il posa le crayon et se frotta la main pour la détendre.

Elle dormait quand il se glissa au lit. Il était entendu entre eux que leurs corps n'étaient pas accessibles si l'un ou l'autre attendait que la lumière soit éteinte. Ils n'en avaient jamais parlé, mais au fil du temps ils s'étaient formés mutuellement de mille façons. Ils se formaient mutuellement depuis 1992, l'année de leur mariage impromptu. Gil se lova contre le dos arrondi d'Irene, détournée de lui dans le sommeil. L'habitude l'apaisait. Quoi que la journée ait pu apporter, la présence endormie d'Irene lui était un réconfort. Au creux du lit, sa sombre pesanteur de mammifère lui donnait envie de s'abandonner. Son état d'inconscience lui était doux, et il se laissait dériver sur la vague de sa respiration.

Le matin, c'était la routine. Les chiens attendaient patiemment que la famille descende, et puis on les lâchait dans le jardin. Gil préparait le café dans une cafetière à pression française. Il ajoutait une petite cuillère de sucre et un peu de lait dans sa tasse, et le servait noir à Irene. Elle l'emportait à l'étage, pendant qu'en bas Gil versait les céréales dans des bols et disposait sur la table cuillères et verres de jus d'orange. Quand tout le monde était à la cuisine, il beurrait des toasts de pain complet et en posait un tout de suite sur les assiettes des enfants, tant qu'il était encore chaud et croustillant. Florian et Riel mangeaient vite. Stoney s'efforçait de suivre leur rythme. Irene sortait ce dont ils avaient besoin et le glissait dans leurs sacs à dos – tennis pour la gym, pantalons molletonnés, livres de bibliothèque. Elle rassemblait leurs manteaux, leurs moufles et leurs bottes à côté de la porte et enfilait son gigantesque manteau, un truc blanc en duvet matelassé qui ressemblait à un sac de couchage muni de manches. Pareille à un yéti, elle emmenait chiens et enfants jusqu'au coin de la rue et attendait que le bus passe les prendre. Elle sacrifiait à une petite superstition : elle restait plantée là jusqu'à ce que le bus ait disparu. Elle le faisait en vertu d'une conviction non vérifiée que sa vigilance garantirait leur sécurité toute la journée. Puis elle continuait sa promenade. Elle avait toujours les poches pleines de biscuits pour chiens et de sacs en plastique. Ce jour-là, elle emmena les chiens jusqu'au lac. Elle fit un grand tour pour éviter de partager avec Gil le café, le journal et l'organisation de la journée. Elle avait besoin d'échafauder ses propres plans. Elle avait résolu de ne pas l'accuser de lire son journal intime. Par le passé, c'était ce qu'elle aurait fait. Mais pendant la balade il lui vint une idée. Ses pensées changèrent de cours, puis ne cessèrent d'y revenir.

Si Gil ne savait pas qu'elle savait qu'il lisait son journal, elle pouvait y écrire des choses visant à le manipuler. Et même à lui faire du mal. Elle se dit qu'elle commencerait par un simple essai, un hameçon irrésistible.

Ce soir-là, ils regardèrent un film tous ensemble. Même Florian, avachi sur une chaise derrière le reste de la famille. *À nous quatre* raconte l'histoire de deux jumelles, dont ni l'une ni l'autre ne connaît l'existence de sa sœur. Leurs parents se sont séparés, l'une est partie vivre avec le père et l'autre avec la mère. Les jumelles se rencontrent par hasard en colonie de vacances, échangent leur identité, et complotent pour que leurs parents retombent amoureux et finissent par se remarier. Irene trouva le film pénible parce qu'à la fin les parents se remettaient ensemble. Gil le trouva émouvant parce que les jumelles étaient jouées par

Lindsay Lohan, si fine et si intelligente, à l'époque. La fin lui plut énormément et il serra la main d'Irene dans la sienne. Après le film, malgré l'heure tardive, Irene descendit au sous-sol. Elle avait décidé quoi écrire dans son journal, pour que Gil le voie.

*2 novembre 2007*

AGENDA ROUGE

Ce soir nous avons regardé un film et Gil a préparé son pop-corn spécial beurre et fines herbes. Dans le film, les parents, qui n'avaient pas rompu pour des raisons graves, n'ont pas beaucoup de mal à retomber amoureux l'un de l'autre. Il doit être très difficile pour Gil de comprendre pourquoi je ne peux pas tout bonnement revenir en arrière sur le plan affectif et retomber amoureuse, comme ces parents-là. Pourquoi suis-je incapable de revenir aux sentiments que j'éprouvais au début ? Tocade, soudaine attirance, sont en partie une fièvre superficielle, un manque de connaissance. Tomber amoureux c'est aussi tomber dans l'état de connaissance. L'amour durable survient quand nous aimons la majeure partie de ce que nous apprenons sur l'autre, et sommes capables de tolérer les défauts qu'il ne peut changer. J'ai cessé brusquement d'aimer Gil avant la naissance de Stoney. Ce jour-là, il a fait quelque chose d'intolérable. Je me demande s'il s'en souvient ? Il ne se rend probablement pas compte qu'un acte aussi banal, un acte qu'il accomplit chaque jour, allait soudain tout révéler de lui.

Le lendemain matin, Irene ramassa le courrier et l'emporta à la cuisine. Elle ouvrit une enveloppe kraft matelassée. Elle contenait un catalogue sur papier glacé de la galerie de Gil, à Santa Fé : trente portraits d'Irene America, ainsi que des photos plus petites en noir et blanc de portraits plus anciens. Il y avait des listes de reproductions des grands tableaux. Les portes que Gil aimait tant. Irene, un jour, lui avait permis de la peindre à quatre pattes, l'air vaincu, une autre fois montrant les dents comme un chien et perdant son sang, son sang menstruel. Dans d'autres tableaux elle était une déesse, les seins encapuchonnés d'un feu doré. Ou une créature de l'Éden de ce continent, couverte de mousse et de feuilles. Il avait exécuté une série de paysages, de gigantesques toiles à l'immensité lumineuse, répliques tournoyantes d'Albert Bierstadt ou de l'école de l'Hudson River, dans lesquelles elle apparaissait violée, démembrée, mourant de la varicelle en détails crus et médicaux. Elle était apparue sous des gerbes rayonnantes, ou émergeant de la glaise d'âpres ravins.

Irene avait reçu d'autres catalogues d'autres expositions et les avait, toujours, feuilletés à la hâte avant de les mettre de côté. Il valait mieux ne pas regarder les tableaux trop longtemps, ne pas les examiner de près. Elle avait toujours su qu'autrement ces représentations d'elle lui resteraient en tête. Elle aurait du mal à poser de façon naturelle pour son mari, elle commencerait à imaginer ou même à redouter le résultat. Elle voulait toujours demeurer dans le seul moment présent, quand Gil la peignait.

Mais parce qu'elle savait qu'il lisait son journal intime, et que toutes les règles étaient enfreintes, elle regarda ce catalogue avec attention. Les nouvelles images étaient un panachage. Certaines crûment sexuelles, d'une tendresse troublante. D'autres des représentations si cruelles qu'elle en eut les yeux qui piquaient et les joues brûlantes, à croire qu'on l'avait giflée. Dans certaines sa beauté était jubilatoire, sourde, vorace. Dans d'autres, elle était une chose fourbe, cupide, ou possédée d'une douceur sournoise qu'elle trouva odieuse. Elle en eut l'estomac retourné. Elle referma le catalogue. Chancelante, elle s'assit et regarda par la fenêtre, en s'efforçant de respirer pour chasser le tangage dû à la nausée. Elle se leva d'un bond et alla à la salle de bains, ouvrit l'armoire, ôta prestement le bouchon d'un flacon d'anti-acide et avala d'un trait le liquide crayeux.

L'image n'est pas la personne, songea-t-elle, ni même l'ombre d'une personne. Alors comment peut-on nuire à quelqu'un en représentant, ou même en s'appropriant, quelque chose d'aussi intangible que son image ?

La violence physique de sa réaction la déconcerta. Elle n'en parla pas quand plus tard elle alla poser pour un tableau, comme elle l'avait promis à Gil. Mais un grand émoi la saisit au moment où elle approchait de la porte de l'atelier, elle redescendit boire un verre, deux verres, puis en emporta encore un, pour entamer la séance dans un état d'agréable griserie.

Ils parlaient rarement quand Irene posait. Ils écoutaient plutôt de la musique. Mais au bout d'un moment l'alcool se dissipa, Irene eut mal à la tête et trouva Joni Mitchell insupportable.

Je déteste ce côté suffisant, ce truc du voyage-de-la-vie égocentrique, voilà ce que je déteste, dit-elle.

Je devrais changer de musique ?

Éteins-la. J'ai envie de parler.

D'accord. Mais je t'en prie, ne bouge pas la tête.

Peins mes jambes. Ma tête va bouger.

Gil posa ses pinceaux. Bon, apparemment tu n'as pas envie de poser, ça ne va pas, pourquoi continuer à travailler ? Je peux arrêter. J'ai bien avancé.

De toutes les extraordinaires qualités de modèle d'Irene, son stoïcisme sincère avait toujours très profondément touché Gil. Elle pouvait garder une pose pendant un temps fou, et après une courte interruption la reprendre comme si son corps se souvenait de sa configuration précise. Elle ne se plaignait jamais du froid ni de la faim, de la douleur ou de l'ennui. Elle avait la patience et l'ardeur d'une artiste. Et jamais il n'avait peint quelqu'un qui soit capable de projeter l'émotion à travers sa chair avec une telle puissance. Maintenant, pourtant, elle lui en voulait.

Elle poussa un soupir plaintif. Continue. Ze parlerai comme fa.

Gil prit un pinceau ; il voulait travailler. Elle l'agaçait. Il se pencha en avant et la scruta, sans écouter ce qu'elle disait.

Gil, t'arrive-t-il de réfléchir à ce qu'est la vie privée, enfin, en tant que notion, jusqu'où les gens y ont-ils droit ? Jusqu'où les gens y renoncent-ils quand ils sont ensemble, tu sais, jusqu'où la vie privée est-elle importante ou justifiée ? Gil ?

Il la scrutait toujours, ses yeux se déplaçant par à-coups minuscules.

Gil ?

Forcément que j'y pense. Ce qui nous est arrivé est anormal et inquiétant.

Irene attendit. Il avait peut-être déjà vu ce qu'elle avait écrit.

Gil pointa le pinceau sur elle. Tu peux remettre ton sourcil en place ? Ouais. Comme il était avant. Merci.

Alors, la vie privée ?

Nous sommes espionnés et enregistrés de façon illégale par notre gouvernement et le Congrès ne fait rien, les gens sont trop confiants, tout le monde a l'air de se contrefoutre que nous renoncions un à un à nos droits civiques au nom de la sécurité nationale. S'il te plaît. Là… oui… j'aime bien ta façon de respirer.

Je devrais retenir ma respiration, Gil, tu veux que je retienne ma respiration ?

Ouais, et nous croyons vivre dans notre bon vieux pays, mais il y en a un autre sous chacun de nos actes, un pays reflété, de guerre, de capitulations, de vilains secrets.

Je peux souffler, maintenant ? Tu veux bien arrêter de débiter des conneries politiques ? Je ne parlais pas de vie privée en rapport avec les droits civiques, je voulais dire entre êtres humains, d'un point de vue affectif.

C'est ça. Affectif. Que tout le monde aille se faire foutre en dehors du drame d'Irene.

Tu n'écoutes pas. Irene semblait blessée.

Mais si. Désolé. C'est que…

Pour toi, j'ai été transparente toute ma vie.

Gil était concentré, ses yeux allaient et venaient entre Irene et la toile.

Irene avait le regard fixé sur les poutres du plafond.

Elle observait une pâle et minuscule araignée qui descendait au bout de son fil.

Je crois que c'est pareil du point de vue personnel. Quand tu prives la personne de sa vie privée, tu peux la contrôler.

Gil ne dit rien. Les pensées d'Irene vacillèrent et disparurent.

Tu sais, Gil, il se peut bien que nous ayons des enfants hors du commun. Je veux dire, oui, ce sont des êtres étonnants – Stoney est un ange, non ? Et il a une imagination galopante. Riel n'a que des A en classe. Il y a des chances pour que Florian soit un génie. Je regrette que ma mère ne soit pas là pour voir ce qu'ils sont en train de devenir. Elle me manque.

Je sais, ma douce.

Les gens pensent qu'au bout d'un an, deux ans. Mais elle me manque, Gil, là, maintenant. J'aimerais pouvoir parler avec maman.

Je sais, je suis désolé, c'est vrai, ça ne fait pas très longtemps. Gil posa son pinceau et s'approcha du petit réfrigérateur. Il attrapa un verre et une bouteille, versa du vin. Il tint le verre par le pied avec précaution et se pencha vers Irene. Il posa la bouteille à demi pleine à côté d'elle.

Irene prit le verre. Elle resta un moment silencieuse. Puis elle lâcha étourdiment : Elle t'empêcherait de me bousiller comme ça. Winnie Jane. Elle ne t'aimait pas beaucoup.

Non, allez, Irene.

Gil continua à peindre.

Pendant un moment ils ne parlèrent ni l'un ni l'autre.

Gil, je crois que tu devrais retourner voir un psy.

C'est toi qui as besoin d'un psy.

Exact. Un psy pourrait m'aider à comprendre pourquoi je reste avec toi !

Gil éclata de rire, mais son cœur se mit à battre fort et il avait la gorge qui piquait.

Parce que tu es folle, Irene.

C'est pour ça que je reste avec toi ? Tu le penses vraiment ?

Ou intelligente. Enfin, écoute. Je t'aime et j'aime les petits. Je nous fais vivre. Nous sommes à l'aise. Notre vie est réussie… enfin, regarde un peu d'où nous sortons. Tu ne peux pas dire que notre vie, notre famille, ne sont pas un putain de miracle.

J'ai bien aimé mon enfance.

On te traînait à toutes les manifs de l'American Indian Movement. Ta mère a eu des centaines de mecs.

Dix.

Ton père était…

Hé, c'était l'époque. Au moins, j'avais un père.

Le mien était un…

Je t'en prie, ne dis pas héros de guerre, qui sait combien de femmes, d'enfants et de vieillards vietnamiens ton père a massacrés, hein ? Gil, bordel, tu n'en as pas la moindre idée.

Est-ce qu'on repique au truc, vraiment ?

Irene porta sa main à son visage.

Gil, je ne plaisante pas. Nous avons besoin d'aide.

Je ne pense pas. Je pense que nous sommes heureux. Je suis heureux, Irene.

Gil transpirait, redoutant qu'elle se mette à lui parler

de l'autre homme, mais désirant aussi, en même temps, qu'elle lui en parle. La tête commença à lui tourner. Il s'assit et entreprit de nettoyer ses pinceaux.

Je crois que je suis crevé. Je crois que ça suffit, finit-il par dire.

Irene dormait.

Gil la secoua. Il l'aida à se lever et elle descendit l'escalier derrière lui.

On lui avait déconseillé de peindre sa femme. Ce serait dur pour leur mariage. Mais il avait commencé avant qu'ils ne soient mariés. N'aurait-il pas été pire d'arrêter ? Un rejet ? Et puis, même lorsqu'ils se disputaient, il était en paix quand il peignait Irene. Elle était là devant lui et il n'avait pas à se demander ce qu'elle était en train de faire. D'ailleurs Hopper avait peint Jo, Rembrandt avait peint Saskia, puis Hendrickje. Wyeth avait peint Betsy et bien sûr Helga ; Bonnard avait peint Marthe ; il y avait l'immense et dévorant Picasso ; de Kooning, Kitaj et John Currin avaient peint leurs femmes. C'était une façon d'atteindre l'autre essentiel, l'essence inconnue, et peindre était aussi un acte d'amour ébloui. Même si, c'était vrai, dans la représentation d'Irene il n'avait pas toujours été tendre, il se disait qu'il s'était servi de son humiliation comme de quelque chose de plus grand – comme de *la souffrance emblématique d'un peuple*, avait énoncé un critique. Il n'avait pas osé montrer l'article à Irene ; l'expression avait quelque chose d'irrespirable et de réducteur.

Ne peins pas les Indiens. Le sujet l'emporte. C'était un peintre indien qui le lui avait dit. Tu ne seras jamais un artiste. Tu seras un artiste indien. Ta carrière sera bouchée. Tu n'iras jamais plus loin. Tu définiras des attentes. N'attireras qu'un seul type de collectionneurs. Pense à Rauschenberg. Il était cherokee. A-t-il peint des Indiens ? Non. Et George Morrison, l'artiste indien que Gil vénérait. Il ne peignait pas d'Indiens. Il peignait leur conscience. Les Noirs peuvent être post-raciaux. Mais les Indiens sont toujours bloqués en 1892. Une fois de plus, Gil n'avait pas le choix. Il peignait des Indiens quand il peignait sa femme parce que c'était plus fort que lui – la férocité entre eux, le besoin. Les ancêtres d'Irene jaillissaient de la peinture de Gil pendant qu'il travaillait. Il composait ses tableaux avec une minutie fervente – étudiant de près les œuvres des grands maîtres, et même des faussaires de génie, qui avaient souvent des astuces, des petites recettes, des mélanges secrets, et des raccourcis. Il avait fini par percer les mystères des huiles lavées, des huiles noires, des mediums artisanaux et des pigments broyés au pilon. Il prenait parfois du plaisir à travailler en lentes applications, posant les couches de vernis transparent une à une pour obtenir un *sfumato* à peine flou qui ébranlait le sens de la réalité qu'avaient les enfants. Chacun d'eux, étant petit, avait appelé la mère représentée sur ses toiles, et pleuré quand elle n'avait pas répondu. Sa maîtrise technique avait entraîné ses tableaux plus loin que l'Ouest et le Sud-Ouest, jusqu'à Los Angeles et Chicago, Philadelphie, Washington, et enfin New York, mais il n'avait pas fait le grand saut. Il était toujours considéré comme un artiste indien, ou un artiste amérindien, ou un artiste tribal, ou un artiste cree ou un artiste sang-mêlé ou un artiste Métis ou chippewa ou parfois un artiste de l'Ouest américain, même s'il habitait Minneapolis.

On annonçait un hiver glacial, qui débuta par un week-end surprise, sec et sans neige, avec une température avoisinant les moins vingt. Le lac gela si vite, et par une journée tellement venteuse, que l'on apercevait dans la glace le dessin de chaque plaque minuscule s'incorporant à la suivante. Irene et Riel sortirent en emportant leurs patins, mais n'eurent pas l'occasion de les chausser parce qu'elles se retrouvèrent à quatre pattes à ramper sur la glace. Le lac était couvert d'une écriture indéchiffrable.

On dirait qu'on devrait pouvoir la lire, songea Riel, en s'asseyant sur ses talons.

Il se pourrait que le lac ait écrit l'histoire de toute sa vie, et nous ne la connaîtrons jamais, remarqua Irene.

Elles se penchèrent avec attention sur les traces cunéiformes, puis rampèrent vers un endroit où l'écriture cessait, où la glace était transparente et sombre jusqu'au fond, comme une fenêtre donnant sur un autre monde. À plat ventre, elles regardèrent dedans, par-delà les fusions planes et les bulles d'air prisonnières.

J'aurais bien aimé voir un poisson, une tortue ou un autre truc, là-bas au fond, dit Riel. Et il semblait bien que n'importe quoi, ou presque, aurait pu nager à leur rencontre. Mais il n'y avait qu'une feuille couleur d'ambre, un cœur effiloché suspendu au bord d'une fissure blanche et verticale qui descendait si bas qu'elle disparaissait.

L'explorateur Amerigo Vespucci avait signé la première carte de la côte Est et de ce fait nommé par hasard deux continents puis, bien plus tard, un ancêtre d'Irene. America. Au départ, c'était American. American Horse, un chef célèbre, avait affirmé son père. Elle n'y croyait pas. Elle croyait que le patronyme paternel avait été volé. Winnie Jane avait tout de même remonté l'ascendance d'American Horse et recopié des illustrations trouvées dans des livres. Le nom de la famille ojibwé de Winnie Jane était Sourcier, avec l'aimable autorisation d'un coureur des bois, mais elle avait coupé les ponts. Elle ne se servait même pas de ce nom alors qu'elle restait proche de son clan, le clan de la grue, *ajijak*. De toute façon, prêtres et missionnaires protestants avaient mal compris la langue, ou le principe des noms, et tenté de vagues approximations sur les actes de baptême ou de mariage. Des négociants en fourrure avaient écrit des noms indiens sur des billets indiquant que telle quantité de peaux de bisons ou de castors devait être remise en échange de telle quantité de rhum et de munitions. Fusils, alcool, dieu, et gouvernement – l'origine des noms de famille des Indiens d'Amérique, autrefois si personnels. Irene America. Son nom était à présent un code, joint à un simulacre. Et les tableaux étaient partout. En demeurant immobile, pour son mari, dans une pose ou une autre, elle avait lâché un double dans le monde. Il était maintenant impossible de supprimer ce reflet. Gil en était le propriétaire. Il avait marché sur son ombre.

Winnie Jane avait un jour montré à Irene une photo d'enfants qui s'efforçaient d'exterminer une ombre en la couvrant de cailloux. Elle avait parlé à Irene d'un homme-médecine qui à l'aide de son ombre guérissait les malades. D'un cruel guerrier *windigo* dont la force résidait dans son ombre, mais qu'une petite fille avait réussi à tuer à midi pile. Il était possible de capturer une âme grâce à une ombre. C'était inscrit dans la langue ojibwé. *Waabaamooji-chaagwaan* – le mot pour dire miroir peut également désigner l'ombre et l'âme : votre ombre est visible et peut être vue. Gil avait posé le pied sur l'ombre d'Irene, quand il la peignait. Et elle avait beau chercher à s'écarter, il lui était impossible de dégager cet écheveau d'obscurité de sous son pied.

Et mon nom à moi ? demanda Riel. Parle-moi encore de mon nom.

Tu portes le nom d'un poète, dit Irene, d'un poète dont les visions d'une nation indienne ont péri dans la neige ensanglantée, à Batoche, au Canada. Voilà pourquoi tu dois être forte.

Elle parlait d'une voix dramatique. Elle dégageait une forte odeur d'alcool, de parfum ténébreux et de chaleur lourde. Ses cheveux étaient emmêlés et âcres. Elles étaient pelotonnées sur le canapé, la queue des chiens reposant sur elles, alors qu'ils n'avaient pas le droit d'être couchés là. Gil entra et ils sautèrent sur le sol. Ils tournèrent avec prudence autour de lui, en analysant son humeur. Mais Gil, distrait, traversa la pièce à grandes enjambées rapides. Stoney s'était brusquement endormi au bout du canapé, en se cramponnant à son lion élimé. Les chiens reprirent leur place d'un bond et encastrèrent leur arrière-train entre Riel et Stoney. Irene attira Riel plus près.

Louis Riel luttait pour qu'Indiens et Métis puissent jouir de leurs terres, et rien de plus, expliqua Irene. Ces terres, ils les avaient travaillées depuis des années. Le gouvernement canadien refusait de leur en accorder les titres de propriété. C'est toujours la même histoire. Stoney devait son nom au grand chef cree Stone Child, que certains appelaient Rocky Boy. On m'a prénommée Irene à cause de la chanson *Good Night Irene*, que mon père aurait entendue dans un bar le soir où je suis née. Je ne crois pas qu'il ait saisi toutes les paroles, conclut Irene pour elle-même.

Quelles paroles, demanda Riel.

Les paroles sur le saut dans une rivière et la mort. La chanson est plutôt morbide, à vrai dire, mais autrefois ton papa me la chantait et cela nous faisait rire.

C'est quoi, morbide ?

Comme la mort.

Je suis contente que tu aimes papa si fort, dit Riel. Je suis contente que vous soyez heureux. Même si vous vous disputez, vous êtes heureux, non ? Enfin, on ne peut pas être tout le temps d'accord, hein ? Alors c'est normal que vous vous mettiez en colère.

Riel continua à parler, plus vite.

Je sais que tu l'aimes parce que tu l'embrasses et je sais qu'il t'aime parce qu'il te peint tellement et aussi parce qu'il nous répète tout le temps qu'il t'aime énormément et qu'il ferait n'importe quoi pour toi, maman.

Dors, ma chérie, dit Irene. Je te verrai dans mes rêves, comme dit la chanson. Elle se mit à caresser le front de Riel, et les yeux de Riel se fermèrent. Irene chanta *Good Night Irene*, sans omettre les paroles morbides *I love Irene, God knows I do. I'll love her until the seas run dry. And if*

*Irene won't love me, I'll take morphine and die*[1]. Elle entendit le rire de Gil.

Qui donne de la morphine ? Gil entra dans la pièce. D'un bond, les chiens quittèrent le canapé. Gil se pencha, prit Stoney dans ses bras et l'emporta tendrement en haut de l'escalier.

Irene était une lectrice indisciplinée et gardait un fouillis de livres à moitié lus près de son lit, mais aussi sur les tables basses et aux toilettes. Elle avait rarement la patience d'aller jusqu'au bout de ses lectures, même si elle prenait des notes sur des fiches. Des amas de fiches en désordre étaient entassés çà et là, déstabilisant les piles qui s'effondraient déjà au chevet du lit. Gil lisait avec davantage de méthode. S'il commençait un livre, il le terminait. Sa vénération pour les livres était née avec les merveilles mises au rebut que sa mère avait rapportées à la maison. L'odeur des pages moisies. Le dos cassé, déchiré, laissant apparaître le carton. Rien ne comptait sinon que le volume soit sauvé comme quelque chose d'humain. Gil ne posait jamais un livre par terre. Il mettait toujours un magazine, du papier, ou même un torchon de cuisine en dessous pour ne pas érafler sa couverture. Pour cette raison, les talus de livres près du lit, du côté d'Irene, le choquaient. C'était une lectrice tapageuse, impertinente, et même irrespectueuse. Gil n'aurait jamais songé à se servir d'un Kleenex en guise de marque-page. Il regardait d'un air angoissé

1. J'aime Irene, oh je l'aime tant. Je l'aimerai jusqu'à ce que les océans soient à sec. Et si Irene ne m'aime toujours pas, je prendrai de la morphine et je mourrai. (*Toutes les notes sont de la traductrice.*)

les poches ouverts à plat, et allait toujours chercher une bande de papier à enfermer avec douceur entre les pages. Il semblait croire qu'il lui fallait un marque-page fin prêt quand il refermait son livre, à la manière d'un toubib qui garde un pansement à portée de main pour étancher le sang d'une blessure, au moment où il cesse d'exercer une pression directe dessus. On aurait dit que les mots risquaient de s'échapper dès que Gil les aurait quittés des yeux. C'était une de ses petites habitudes qu'Irene trouvait attendrissante.

Irene parcourait plusieurs livres à la fois et ne lisait même pas les essais jusqu'au bout, mais il lui arrivait d'aller tout droit aux passages passionnants, batailles, mariages ou décès. Au moment de lire une biographie, elle ouvrait aussitôt le volume au cahier de photographies et examinait les visages avant de revenir au début. Pas étonnant qu'elle ne réussisse pas à mener son travail à terme et à passer son doctorat, pensait Gil. Comment pouvait-elle donc être une spécialiste ? Gil s'étonnait de son manque de ténacité. Il avait le sentiment qu'il valait mieux laisser le portrait d'une personne s'assembler à force de mots et, plus tard, pour information, se référer aux photographies. La façon de lire d'Irene l'exaspérait souvent, mais il l'enviait un peu, aussi, c'était encore une preuve de son assurance à l'égard des livres. Elle les traitait comme des domestiques ; il était leur domestique.

Irene racontait souvent à Gil des anecdotes tirées de ce qu'elle était en train de lire. Elle prétendait parfois ne pas savoir d'où sortait son histoire, en avoir oublié la source. Gil aimait retrouver ses petits passages – ce qu'il appelait la mettre à l'épreuve. Souvent, il découvrait qu'elle avait grossi un épisode pour lui prouver quelque chose. En réalité, elle ne tenait pas à ce qu'il retourne à l'original et s'aperçoive qu'elle avait déformé le texte.

Il avait beau trouver cela exaspérant, il était fasciné, aussi, car, pensait-il, elle tentait de communiquer avec lui à l'aide de métaphores. Le lendemain soir du jour où elle avait posé pour Gil, Irene lui raconta qu'elle était en train de lire les lettres et les notes du peintre George Catlin.

Catlin, né en 1796 à Wilkes-Barre, en Pennsylvanie, était le cinquième d'une famille de quatorze enfants. Il fit des études de droit et exerça la profession d'avocat pendant deux ans avant d'abandonner le barreau, en 1823, pour devenir portraitiste. En 1831, il débuta une série de visites à diverses tribus, surtout dans les Grandes Plaines. Il passa des années parmi les Indiens, à étudier leurs coutumes, à apprendre leurs langues, et à les peindre.

L'épisode qu'Irene raconta à Gil était celui où George Catlin, à bord d'un bateau, avait été arrêté par des Mandans qu'il venait de quitter. Ils l'avaient suivi pour récupérer le portrait d'une belle jeune fille. Ils lui expliquèrent que celle-ci, dénommée Le Vison, était mourante. Pour eux, la représentation qu'en avait fait Catlin était trop ressemblante. Il y avait mis tellement d'elle que lorsqu'il l'avait emporté loin de leur village, le tableau lui avait ravi une partie de sa vie. Du sang avait commencé à s'échapper de ses lèvres. Elle vomissait du sang. La famille de la jeune fille dit à Catlin qu'en emportant le portrait il tirait sur les cordes de son cœur, qui ne tarderaient pas à rompre. Et lui demanda de le leur restituer.

Mais Catlin refusa, poursuivit Irene. Il répondit qu'il s'était également mis dans ce tableau, en faisant usage de son esprit pour le peindre. Si le tableau repartait, c'était lui qui tomberait malade.

Les Mandans proposèrent alors de le reprendre et de le brûler. Un objet capable d'affaiblir ainsi deux personnes ne devrait surtout pas exister, dirent-ils, il était dangereux. Catlin promit de s'en charger. Les Mandans s'en furent sans y croire, toujours désespérés. Arrivés chez eux, Le Vison n'était plus. En 1838, Catlin exposa son portrait à l'Indian Gallery, qu'il avait ouverte à Albany, dans l'État de New York.

Le lendemain, Gil trouva l'histoire à laquelle Irene avait fait référence dans le second volume des *Lettres et notes sur les mœurs, coutumes et conditions de vie des Indiens d'Amérique du Nord.* Lettre 54. C'était une histoire enchâssée dans une autre histoire, plus longue – une sorte de préambule, ou d'aparté. Si la première partie de la version d'Irene concernant Le Vison était vraie, la seconde était fausse. En réalité, Catlin avait rendu le portrait. Il l'avait roulé et remis aussitôt à la famille de la jeune fille, même s'il n'avait pas envie de s'en séparer. Il n'y avait aucune façon de savoir par le biais du livre si le portrait avait été conservé, ou si une copie en avait été exécutée et exposée. Gil songea qu'Irene tentait peut-être de lui adresser un message en relatant et en dénaturant cette histoire. Lui volait-il quelque chose en la peignant ? Fabriquait-il une sorte de copie d'elle habitant une autre dimension que celle des tableaux ? Avait-il mis tant de son être dans une image d'elle qu'il avait créée, qu'il affaiblissait ou diminuait la « vraie » Irene ? Tirait-il sur les cordes de son cœur et ne tarderaient-elles pas à rompre ? Ou avaient-elles déjà cassé net ?

*6 novembre 2007*

CARNET BLEU

Quand j'ai quitté la maison cet après-midi, tu as demandé si j'allais à l'épicerie et j'ai répondu que non. Mais je n'ai pas donné d'explication. Je me suis contentée de sourire et de passer la porte. Pourquoi devrais-je te dire où je vais ? C'est ce qui se fait quand on a des rapports civilisés. Les nôtres ne le sont pas – tu as enfreint les règles. Bien sûr, dès que je le dis, ça me revient. J'ai enfreint d'autres règles, et toi, tu as enfreint d'autres règles encore. Nous avons tenté de résoudre nos différends relatifs à ces violations, ou à la plupart d'entre elles. Nos pires errements ont concerné les enfants. Pour eux, nous avons alors tâché de rectifier notre comportement et de corriger nos erreurs. Mais là, ce n'est pas pareil.

Quand je t'imagine descendant l'escalier pour aller dans la pièce où j'écris, et sortant mon journal de derrière les vieux dossiers, je ressens des choses insupportables. Je sais que c'est le genre de violation mineure dont d'autres se remettraient.

Mais pour moi…

Là, Irene s'arrêta et se tordit les mains, qu'elle avait sèches et froides. Elle était glacée jusqu'aux os et se mit à trembler. Elle renfila son manteau et continua.

...c'est une question de vie ou de mort.

Tu vas lire ce que j'ai écrit à propos du moment où tu as soudain tout révélé, le moment où j'ai cessé de t'aimer, le moment où j'ai compris qui tu es vraiment. Mais il n'y a pas eu de moment. Tu devrais le savoir.

Combien de fois t'ai-je répété qu'il est affreusement difficile de résister à l'attrait du moment historique ? De l'acte, de la vérité immédiate qui change tout ? Combien de fois ai-je décrit mes difficultés à raconter des histoires, à rapporter des faits historiques, à chercher la suite d'événements qui devient une structure dans laquelle nous pouvons reconnaître l'Histoire ? Il y a toujours beaucoup de moments, il n'y en a jamais un seul. Il y a beaucoup de points de clarté et beaucoup de causes pour un effet. Pourtant, après que beaucoup, beaucoup de ces points, de ces moments, sont advenus, il y a, il faut que je te le dise, un dernier moment. Une dernière scène.

Avec tous les gens que j'ai quittés, il y a toujours eu un dernier moment où je me suis dit *Je suis partie*. Avec mes amants, c'est toujours arrivé au moment qui a suivi mon orgasme. Dans cette paix frappée de stupeur, j'ai la certitude d'être arrivée au bout. Que nous sommes allés aussi loin qu'il nous est possible dans cette vie. Que nous en avons maintenant fini de faire l'amour. Ces derniers moments se sont toujours produits après avoir fait l'amour de la façon la plus sauvage, souvent désespérée ou absolument déchaînée. J'effleurerai alors un bleu ou la trace d'une morsure et penserai, *tu seras partie avant que ce soit effacé*. Je ne douterai pas une minute de cette vérité.

On pourrait peut-être filmer ce genre de moment, sur

le visage d'un acteur. Ou le représenter dans un tableau. Tu l'as fait toi-même dans mes portraits sans savoir ce que tu avais saisi, me semble-t-il. Dans un roman, cette vérité-là me paraîtrait banale. Mais dans la vie, c'est un moment qui semble fort et harmonieux, quoique très triste, à l'instar d'une mort naturelle. Ce n'est pourtant pas un moment où l'on peut passer à l'action, quand cela touche des enfants. Il faut continuer à faire des efforts. Donc, bien qu'il y ait eu beaucoup de moments après l'amour avec toi où j'ai compris *Je suis partie, c'est terminé, la fin est évidente*, j'ai toujours été contrainte de refouler mon profond sentiment d'irrévocabilité. Je ne peux pas aller jusqu'au bout. Je continue, en d'autres termes, à faire l'amour avec toi après la fin. Il y a eu tant de morts naturelles que je me demande comment tu peux même coucher avec moi. Je suis une femme morte dont seuls les réflexes peuvent être mis en marche. Toutefois, au fil du temps, cette résurrection involontaire a fini par avoir son côté obscur et excitant. Comme lors de ces nuits où je suis allée au bout avec d'autres, j'ai cessé de me préoccuper de ce que je dévoile de ma voracité. De ma cruauté, même. Et toi aussi. En conséquence de quoi, un mépris grandissant marque notre sexualité. À ma grande honte, la même que celle que j'éprouve quand je t'imagine lisant mon journal, je reconnais qu'il m'arrive de trouver cela émoustillant.

Dès qu'Irene entra par la porte de derrière, elle entendit Gil remonter du sous-sol au pas de charge. Il était dans mon bureau, songea-t-elle. Il lisait mon journal rouge. Elle ôta d'un coup son manteau et son écharpe. Envoya sauvagement valdinguer ses bottes. Qui heurtèrent le mur. Elle se jeta sur le canapé dans le coin le plus chaud du séjour. Les chiens déferlèrent sur elle. Ils étaient énervés et voulaient sortir. Ils posèrent la tête sur ses genoux, les yeux révulsés par la passion. Ils se repoussaient brutalement l'un l'autre, jaloux, en retroussant les babines de plaisir quand elle les caressait. Elle attrapa soudain le plus âgé et le hissa sur ses genoux comme un chiot. Le chien se tortilla à la manière d'un enfant, inquiet et ravi. Malgré son poids, elle referma ses bras sur lui et le tint serré, en murmurant à son oreille jusqu'à ce qu'il se laisse aller contre elle, vautré et silencieux. Un peu plus tard, Irene s'aperçut qu'elle avait mis son chien mal à l'aise et le laissa se retourner jusqu'à ce qu'il pousse un grognement de béatitude. Elle plongea les doigts dans les touffes soyeuses qu'il avait derrière les oreilles et il ferma les yeux. L'autre chien posa la tête sur ses genoux et leva son regard vers elle. C'étaient des idiots savants sur le plan affectif. Ils savaient tout.

Que va-t-il se passer ? murmura Irene.

Gil ne perdit pas de temps à se demander ce qu'il avait fait pour qu'Irene cesse de l'aimer peu après la naissance de Stoney, parce qu'il le savait fort bien. Stoney était né le 11 septembre dans une salle d'accouchement du Riverside-Forest Hospital, à Minneapolis. La pièce était tapissée de papier peint à fleurs vert pâle souligné d'une frise ornée de saumons bondissants. Qui remontaient la rivière pour frayer avant de mourir, précisa Irene. Un choix judicieux pour une salle d'accouchement ? Je ne trouve pas. Elle rejeta les draps en battant des jambes. Il y avait une énorme télévision fixée au mur et un fauteuil relax en plastique lavable. Irene avait essayé de dormir la nuit précédente, mais dès cinq heures du matin ses contractions l'avaient tenue éveillée, et à sept heures on les avait admis dans la salle. Quand Irene aperçut la télévision, elle se dit : Mais enfin, qui pourrait bien vouloir regarder la télévision en accouchant ? Gil venait de penser qu'il ne serait pas contre, quand une infirmière arriva en courant et déclara : Il faut que vous voyiez ça. Elle alluma le poste. Ils virent les tours du World Trade Center s'effondrer, et le travail d'Irene s'arrêta pendant près d'une heure.

Maintenant il faut que tu éteignes la télévision, dit-elle à Gil, si tu veux que j'aie ce bébé.

Mais…, protesta Gil.

Irene lui décocha un hallucinant regard de haine. C'était exactement comme si elle avait ôté un masque. La fureur sauvage de son expression le secoua, et ensuite il s'efforça de respirer avec elle et de chronométrer ses contractions. Mais il éprouva aussi le besoin irrésistible de prendre des temps de pause, et se retrouva galopant vers la salle d'attente pour voir ce qui se passait. Chaque fois qu'il tentait de repartir, Irene haletait et disait : S'il te plaît ne t'en va pas. Mais il était sorti, un nombre incalculable de fois, même après qu'une infirmière avait lancé d'un ton sec : Elle a besoin de vous. On dut le ramener, alors qu'il suivait des commentaires captivants, pour la naissance à proprement parler. C'était cette attitude vis-à-vis de la télé, dont il s'était excusé, jusqu'à la mortification, sans apparemment jamais réussir à obtenir le pardon, qui, pensait-il, lui avait coûté l'amour d'Irene.

Dans la soirée, Gil se tourna vers Irene et remarqua : Tu sais, jamais je ne me pardonnerai d'avoir été tellement ailleurs au moment de la naissance de Stoney.

Elle ne lui accorda pas un regard. Tu t'en es suffisamment excusé, assura-t-elle, cela te tracasse encore ? Pour moi, c'est oublié.

Stoney était installé à un bout de la table auprès d'une rame de papier machine et d'une boîte de feutres de couleurs. Il était capable de dessiner n'importe quoi. Rien ne l'intimidait. Tu veux une ville ? Stoney dessinait des pages de gratte-ciels en réduction percés de fenêtres minuscules en rangs vacillants et résolus. Tu veux un troupeau d'éléphants ? Des bisons ? Des rhinocéros ? Des oiseaux ? Tu veux des oiseaux ? Stoney était capable de dessiner n'importe quel oiseau. Tu veux que les oiseaux fassent du vélo ? Tu veux que les immeubles aient des pattes ? Tu veux des gens qui ont une tête de maison ? Tu veux des nuages par-dessus, ou du ciel bleu, ou du soleil ? Il dessinait sur commande, et dessinait d'après nature. Il dessina son père dormant sur le canapé. Il dessina les chiens qui le regardaient dormir. Il dessina Riel qui travaillait ou jouait à *World of Warcraft*, ce qu'elle n'était pas censée faire. Riel lui demanda de cacher le dessin, et Stoney obéit. Il dessina Florian avec un bandana vert, un portrait qu'il aimait bien. Florian montra à son petit frère son tatouage secret – le serpent qui se mord la queue. Stoney le dessina, lui donna le dessin et ne dit rien à personne. Il dessinait sa mère presque tous les jours, vêtue de belles robes. Il offrait à sa mère rayures et pois, et s'il représentait une robe à fleurs, il lui mettait une fleur assortie dans les cheveux. Dans chaque dessin, au bout de la main de sa mère, Stoney dessinait un bâton terminé par une petite demi-lune.

Avant le dîner, Irene était là en compagnie de Riel et de Florian. Stoney exposait ses œuvres. Il leur montrait son paquet d'images.

Écoute, dit Irene, quand elle eut feuilleté ses portraits et admiré ses tenues dessinées avec soin. Il y a ce truc dans ma main, comme un appendice supplémentaire, qui est toujours là. Dans chaque dessin. Qu'est-ce que c'est, Stoney ?

Le verre de vin.

Irene demeura silencieuse.

Il croit qu'il fait partie de toi, remarqua Florian.

Certains matins, Gil sortait passer un moment en compagnie de la Lucrèce. Elle était à cinq minutes de la maison en voiture. Pendant une heure ou deux après l'ouverture, il n'y avait pratiquement personne au Minneapolis Institute of Arts. Gil disait que c'était comme de posséder un Rembrandt, moins le coût de l'assurance et les soucis de son entretien. Il connaissait les conservateurs du musée – *America 6, 18 et 70* étaient entrés dans la collection permanente. Mais pour les gardiens, peu nombreux de toute façon, Gil n'était que le type qui adorait le Rembrandt. Il s'installait à sa place sur le banc de bois face au tableau, passait une demi-heure devant, ou davantage si personne d'autre ne venait s'interposer entre eux.

L'histoire de Lucrèce avait été relatée par l'historien romain Tite-Live dans *Ab urbe condita*. C'était une épouse dévouée et vertueuse. Pendant l'absence de son mari, le cruel et lascif Sextus Tarquin tenta de la séduire. Comme elle se refusait à lui, il menaça de les tuer, elle et son esclave, et de les laisser tous deux dans le lit conjugal où le mari de Lucrèce les trouverait à son retour. Alors, elle capitula. Quand son mari et son fils revinrent, elle leur raconta le viol avant de se tuer sous leurs yeux d'un coup de poignard. Rembrandt peignit Lucrèce trois fois. Un des tableaux a été perdu. Un autre représente Lucrèce juste avant qu'elle plonge la lame dans son cœur. La Lucrèce de Minneapolis a déjà commis l'acte de violence contre elle-même, et serre encore dans ses doigts le couteau maculé. Son déshabillé est ensanglanté, le tulle colle de façon envoûtante à sa peau, son esprit dissout ses traits en un éclat sourd, terriblement vivant, alors même que sa vie s'enfuit.

Gil observait les yeux de Lucrèce noyés d'une sublime horreur. Ils étaient emplis de larmes depuis 1666. Une tendresse immense habitait son regard. Un chagrin capable d'ébranler Gil. Certains matins, il s'asseyait sur le banc et ses yeux, à leur tour, s'embuaient de larmes, sa vision se brouillait. Il s'était souvent demandé à quoi ressemblait la Lucrèce perdue. Un jour, il avait peint Irene en Lucrèce. Dans ce tableau, Irene avait elle aussi un air de tristesse indicible. L'allure d'une femme dont la honte était si profonde, et l'amour si grand, qu'elle ne pouvait supporter de vivre avec cette souillure entre elle et son mari. Sur cette toile, Irene était vêtue comme la Lucrèce de Rembrandt, de sang et de rouille. Sa main droite serrait pareillement un cordon aussi ténu que la vie qui subsistait en elle. Mais plutôt qu'un couteau, dans l'autre main d'Irene, Gil avait peint une bouteille.

Gil nourrissait pour sa famille une sorte d'attachement désespéré, car il savait que sur un plan fondamental tous se dérobaient à lui. Leurs sourires câlins, leurs compliments, leur rire forcé. Parfois il les croyait sincères. Parfois il savait qu'ils avaient peur de lui. Il leur avait à tous fait du mal, mais pas vraiment de façon durable. Il avait porté la main sur chacun d'eux, sans pourtant jamais laisser de marque physique. Ce n'était pas rien. Il était taciturne, déprimé, sarcastique, charmant. Il souriait quand Irene s'attendait à ce qu'il hurle, devenait affectueux en un éclair. Et il n'avait pas toujours été tellement en colère. En vérité, il avait besoin de toute l'attention d'Irene. Il l'avait eue, avant l'arrivée des enfants. Ceux-ci la lui avaient prise, et il avait été jaloux dès le début.

Il avait conscience de sa jalousie. Il savait qu'il voulait Irene tout à lui. Ils avaient tous deux été élevés par une mère célibataire, et le lien qui les unissait n'avait d'abord pas fait de doute – leur rôle l'un envers l'autre serait autant celui de parents que d'amants. Ce qui avait fonctionné jusqu'à ce qu'ils deviennent de vrais parents. Pour Irene, l'amour qu'elle éprouvait pour les enfants fut une révélation. Idem pour Gil, mais en même temps il fut accablé parce qu'il voyait bien qu'Irene aimait en premier lieu les enfants, et qu'elle leur donnerait toujours la préférence. À chaque grossesse, ils se caressaient moins souvent, même s'il la peignait de façon obsessionnelle. Gil sentit la marée se retirer lentement, un petit peu chaque jour jusqu'à ce qu'il se retrouve seul, à présent, loin sur le sable sec de la plage.

Alors quand il leur faisait du mal, il compensait ses torts de façon compliquée. Il essayait. Parfois essayer lui fendait le cœur, d'autres fois il était déçu par les résultats – plans humiliants pour préparer le dîner parfait autour duquel tout le monde se sentait malheureux, ou cadeaux reçus avec une pétillante gratitude puis fourrés au fond d'un placard.

De tous, Riel était celle qu'il trouvait la plus difficile à satisfaire. Apparemment, elle ne désirait rien. Il en avait toujours été ainsi. Quand il lui avait demandé ce qu'elle voulait pour Noël, l'an passé, elle avait demandé du papier. D'accord, je t'en donnerai, avait-il promis. Ce fut tout ce qu'elle reçut de lui, et le pire c'était qu'il n'aurait su dire si elle était contente pour de bonnes raisons quand elle ouvrit la boîte, ou si elle se montrait sarcastique, comme il était possible qu'il l'ait été – sauf que, se souvint-il, lui aussi avait voulu du papier, des tonnes de papier sur lequel dessiner, quand il était petit.

Riel s'était perchée sur sa boîte de papier pour sortir sa réserve secrète de bonbons, rangée sur la plus haute étagère de son placard. Elle se servait de son papier pour plein de choses. Elle s'en servait pour créer d'interminables bandes dessinées. Avec du papier, de la colle, des capsules de bouteilles, elle fabriquait des animaux. Elle scotchait dessus des feuilles d'arbres. Quand elle avait demandé du papier, c'était sans la moindre ironie. Il était bon d'en avoir un stock disponible, et elle était toujours contente de l'avoir sous la main quand un nouveau projet lui venait en tête.

Tout en croquant les friandises d'Halloween – elle en était maintenant arrivée aux biscuits chocolat et beurre de cacahuètes qui avaient un goût de cire –, Riel réfléchit à son costume de vampire, puis s'aperçut qu'elle ne se rappelait pas en quoi elle s'était déguisée l'année d'avant. Puis elle remarqua que les événements de la veille, ou même ceux du matin, n'étaient pas aussi nets que ce qu'elle avait fait une heure plus tôt, un instant plus tôt, ou était en train de faire à l'instant. Quand elle tenta de se rappeler ce qu'elle avait fait il y avait tout juste une semaine, jour pour jour, cette journée-là était floue. Les détails, confus. Les gens aussi. Elle ferma les yeux pour évoquer le visage de sa maîtresse, madame Strom, et de ses copines, une par une. Elles apparurent un court instant, mais comme des visages emportés par un courant, il était impossible de les arrêter. Leurs images s'éloignaient en ondulant. Même celles de sa mère, de son père, et de Stoney. Pourtant quand elle évoqua le visage de son frère aîné, elle fut très surprise de la netteté avec laquelle lui apparut Florian. Il lui souriait ou la regardait en fronçant les sourcils, sans interruption. Il ne disparut pas, mais au contraire se multiplia, et elle pouvait faire passer une à une ses humeurs et ses expressions comme si c'étaient les cartes d'un jeu Florian.

Il y avait Florian en train de travailler, penché sur ses devoirs, les lèvres pincées. Son crayon volait sur la page tandis qu'il résolvait d'obscurs problèmes de maths. Florian, à qui l'on avait donné le nom de son père, Gilbert Florian, et de son grand-père Florian LaRose. Riel pouvait faire apparaître son frère secouant l'eau de ses cheveux, debout, mince dans ses jeans déchirés et ses tee-shirts à l'effigie de groupes de rock – il en avait des dizaines. Les jeans et les tee-shirts noirs étaient une sorte d'uniforme florianesque. The Smiths. The Kinks. Alice in

Chains. The Cold War Kids. Elle le voyait avec tant de netteté, alors que, de façon déroutante, tous les autres étaient impossibles à fixer dans ses pensées. Florian partageait cette étrange particularité avec les chiens. Elle les voyait n'importe quand, sans problème. Tout de même, le reste l'inquiéta.

Riel décida d'établir un tableau de ses souvenirs, pour ne pas laisser échapper ce qui arrivait. Elle remplit un vieux classeur de son papier spécial. Elle écrirait un souvenir par page. Quand elle se rappellerait le souvenir volontairement, ou qu'il lui reviendrait par hasard, elle noterait une date. Elle reconstituerait les événements. Elle était fière d'avoir pensé au classeur, parce qu'elle s'aperçut qu'il serait sans doute impossible de passer ses souvenirs en revue dans l'ordre chronologique. Il faudrait qu'elle soit vigilante et les écrive dès qu'ils se présenteraient. Pendant les quelques jours suivants, en plus du tableau de souvenirs, elle prit conscience qu'elle était une Indienne, une Amérindienne, une autochtone. Bon nombre des événements dont elle se souvenait étaient des powwows, des visites à sa grand-mère, des veillées funèbres, des bribes de cérémonies, des occasions où elle avait déposé du tabac sur le sol en offrande pour prier avec sa mère. Certaines de ces situations ne s'étaient pas présentées depuis des années. Mais elle était quand même indienne. Sa peau était claire, ses yeux d'un ton noisette terne, mais elle était quand même indienne, non ? Elle avait aussi appris des choses sur les Indiens, en classe. Elle avait appris qu'ils étaient capables de survivre dans la nature et que les bisons pourvoyaient à leurs besoins, qu'ils chassaient armés d'arcs et de flèches, ne pleuraient jamais sauf quand ils regardaient la ruine que les Blancs avaient faite de leur pays. Les Indiens portaient des costumes de powwows tout le temps et savaient parler aux animaux. Riel fut bien obligée de se demander pourquoi elle n'avait aucune de ces aptitudes. Peut-être pourrait-elle s'entraîner. Après tout, il pourrait s'avérer très pratique d'être indienne.

Riel se souvint de la naissance de Stoney, le jour où les tours jumelles avaient été frappées. Elle avait tout vu à la télévision, à côté de la baby-sitter ébahie. Après, elle avait su que tout pouvait arriver. Elle devait être prête. Elle devait envisager comment survivre à une attaque terroriste grâce au savoir-faire de ses ancêtres. Elle passa en revue les piles de livres posées sur la table de chevet de sa mère, pour s'informer, et prit les volumes, de vieux livres verts cartonnés, dans lesquels étaient glissés des bouts de papier verts et roses. Riel les emporta dans sa chambre et se mit à les lire à la moindre occasion.

Elle lut l'histoire de l'enterrement du chef Black Bird et de son cheval, au sommet d'un beau promontoire surplombant le Mississippi. Les mains du chef défunt furent enduites de peinture vermillon et plaquées sur les flancs de son cheval préféré, les empreintes étant destinées à ce qu'il reste en sa possession pour toujours.

Portant le corps du chef Black Bird vêtu de ses plus beaux atours et pourvu de ses armes et de tabac, le cheval resta là, passif, pendant qu'on plaçait des mottes de terre et des touffes d'herbe autour de ses membres et le long de ses flancs, pour l'immobiliser, et qu'une fois arrivé à l'encolure il soit facile de l'enterrer vivant.

Elle lut que des années plus tard George Catlin avait

ouvert la tombe parsemée de fleurs sauvages, et volé le crâne du cheval et celui du chef pour les exposer sur la côte Est.

Elle lut que les Mandans disposaient les crânes de leurs ancêtres en cercles, qu'ils leur parlaient tendrement et passaient des après-midi entiers en communion avec leurs esprits, et que dans les cercles les plus anciens les crânes s'étaient transformés en craie puis désintégrés en poussière, si bien que dans l'herbe il ne restait plus que les dents. Des cercles de dents polies.

Elle lut l'histoire du chef Mahtotohpa, tendre père et époux, dont on dessina la vie pleine de bravoure et de sang sur une peau de bison. Le frère de Mahtotohpa fut tué par le guerrier Wongatap, et son corps, transpercé d'une lance, abandonné sur place. Mahtotohpa emporta la lance et la garda quatre ans, toujours maculée du sang séché de son frère. Soudain, au bout de quatre années, Mahtotohpa bondit en brandissant la lance et s'écria : *Le fer de cette lance boira le sang du cœur de Wongatap, ou Mahtotohpa mêlera son ombre à celle de son frère !*

Mahtotohpa parcourut plusieurs centaines de kilomètres pour se rendre au village de son ennemi. Alors que tous se préparaient au sommeil, il entra dans sa maison et mangea un bol de viande qui cuisait sur son feu, puis, se découvrant le visage, il tua Wongatap d'un coup de lance et se débrouilla pour échapper aux clameurs et à la poursuite.

Elle lut à quoi ressemblait le spectacle des feux de prairie, la nuit, comment, tels des colliers de feu liquide, ils gagnaient peu à peu le sommet des falaises. Elle lut que les Mandans capturaient les chevaux au lasso, les étranglaient et les ranimaient tour à tour au moyen de leur souffle, et les domptaient ainsi en quelques heures à peine. Elle lut des choses sur l'apparence intéressante des Mandans. Catlin disait qu'ils affichaient une aisance et une élégance particulières, et que leurs yeux étaient noisette, gris, et bleus, et leurs cheveux de toutes les couleurs, y compris, de la petite enfance à l'âge adulte, d'un gris argenté lumineux ou même d'un blanc éclatant.

Elle lut comment se déroulait l'initiation des jeunes guerriers mandans, comment ils passaient tout leur temps à cheval, chassaient, jeûnaient et se privaient de boire, avaient la poitrine transpercée par des broches et étaient suspendus à des cordes. Comment ils mouraient à la garde du Grand Esprit et ne cessaient de renaître pendant de longs jours de torture rituelle, qu'ils subissaient avec de charmants sourires.

Au fur et à mesure qu'elle lisait cette histoire, elle décida qu'elle ne serait pas simplement amérindienne, indienne, ojibwé, dakota ou cree, mais un personnage exemplaire. Elle deviendrait une fille pleine de profondeur, de force, de finesse et de vérité. Avec le temps, elle en était convaincue, pourvu qu'elle observe son père assez attentivement, elle trouverait comment triompher de lui. Sa principale décision était la suivante : elle le priverait de son pouvoir.

Le lendemain du jour où Riel commença à travailler à ses talents d'Indienne d'autrefois, son père attendait dans l'entrée quand elle rentra de l'école. Riel, sur le paillasson, secouait la neige de ses bottes.

Pas de flaque ici, dit-il. Sors, et fais tomber la neige de tes bottes avant de revenir.

Ce n'était qu'une petite chute de neige, mais à la texture mouillée et collante. Riel en avait dans les cheveux. Quand elle revint, Gil tendit la main vers elle pour chasser les flocons, et elle tressaillit.

Elle s'était promis de ne jamais tressaillir ni se recroqueviller, comme elle avait vu Florian le faire, entourer sa tête de ses mains et se ratatiner. Mais si elle avait tressailli, c'était que la main de Gil était tombée de nulle part, dans l'entrée ensoleillée. Elle avait alors provoqué la colère de son père, comprit-elle ensuite, car ce geste prouvait qu'il l'avait déjà frappée. Et il recommença. Elle porta la main à son visage et lança d'une voix forte : *Pourquoi tu as fait ça ?*

C'était la première partie du plan visant à le priver de son pouvoir. Toujours attirer l'attention sur ses actes.

Mais il fila avant qu'elle puisse passer à la suite, et elle eut peur de lui courir après, chaussée de ses bottes encore mouillées et de laisser des gouttes d'eau sur le parquet ciré.

Ce qui était absurde, vu la nature radicale de son entreprise.

Ah bravo, l'Indienne, songea-t-elle, mais son abattement ne dura qu'un temps. Après tout, ce n'était que le début.

Et peut-être qu'elle avait accompli quelque chose.

*Pourquoi tu as fait ça ?* poursuivit Gil jusque dans la cuisine, et en se versant du vin il éprouva des remords. Pas de véritables remords, mais le genre de remords qui trouvent un exutoire en devenant la raison d'un cadeau. Au moment où il s'asseyait, son verre à la main, il lui vint une idée soudaine, irrésistible.

Il décida de découvrir ce qu'Irene, et chacun de ses enfants, même Riel, désiraient plus que tout, ce qu'ils convoitaient, ce qu'ils pensaient qu'ils n'auraient jamais. Il avait inopinément vendu un tableau, un simple petit portrait qui ferait rentrer un peu d'argent, et il achèterait ces choses-là pour chacun d'eux – peu importait que ce soit extravagant ou compliqué. Il décida de donner un nom secret à son projet : l'opération profond désir. Il voulait que la réalisation de leurs rêves soit une surprise.

Si tu pouvais avoir n'importe quoi, leur demanda-t-il à tour de rôle, n'importe quoi au monde, il n'y a aucune limite, la limite c'est ton imagination, ce serait quoi ?

Stoney fronça les sourcils et répondit : un nuage.

Riel était encore honteuse d'avoir tressailli. Pourtant, malgré sa honte, elle voulait que son père ait une bonne opinion de son choix. Alors, parce qu'elle savait que pardessus tout les Indiens d'autrefois avaient depuis sept générations souhaité la meilleure fin possible, elle dit : la paix dans le monde.

Florian mentit et répondit qu'il voulait jouer au hockey. Gil lui demanda de répéter. Florian le redit.

Et toi, Irene, que veux-tu, demanda Gil, ce soir-là.

Irene répondit : Je veux que tu t'en ailles.

Gil resta un instant hébété, puis éclata de rire et lança : Impossible. Qui emmènerait Florian à l'entraînement de hockey ? C'est tous les matins à cinq heures.

Gil dénicha pour Riel un grand panneau sur lequel était inscrit NON À LA GUERRE IRAN/IRAK, qu'ils plantèrent ensemble dans le jardin. Pendant qu'il la serrait dans ses bras et lui promettait qu'ils iraient tous les deux à des meetings pour la paix, elle fut contente d'elle, fière, et en même temps souhaita ardemment ne pas avoir à agir comme l'un de ses lointains ancêtres, et pouvoir de préférence demander des talons hauts, un longskate, ou peut-être un vrai skateboard, et un casque, non pas orné de fleurs hawaïennes roses, mais noir et frappé d'un crâne ailé dans un cercle de feu.

Florian laissa Gil dépenser une fortune en équipement de hockey, néanmoins après trois matins d'entraînement il avoua à son père, à leur grand soulagement à tous les deux, qu'il détestait ce sport.

Gil engagea une connaissance du temps où il était artiste à St. Paul pour peindre un ciel et des nuages au plafond de la chambre de Stoney. Cette amie, qui s'appelait May et travaillait à de grandes créations graphiques, avait pourtant adoré l'idée de Gil d'exaucer le rêve de son plus jeune fils. Elle vint aussitôt.

May avait également un lien avec Irene, que Gil ignorait et, à vrai dire, Irene aussi. May n'en était pas non plus tout à fait sûre, et décida de ne rien dire à moins que ne se présente l'occasion d'un tête-à-tête. Elle espérait parler à Irene, qu'elle n'avait jamais rencontrée.

Pendant que May peignait, Irene lui apporta une tasse de thé.

Et toi, qu'est-ce que tu voulais ? demanda May.

Quelque chose que Gil ne pouvait pas m'offrir.

Deux jours plus tard, May avait terminé les nuages. Elle remballa ses tubes de peinture, ses chiffons, ses pinceaux et sa bâche dans deux grands fourre-tout en plastique et descendit au rez-de-chaussée. Irene s'apprêtait à sortir. May était venue en bus, et Irene proposa de la raccompagner chez elle. May monta dans la voiture et annonça qu'elle allait chez son amie Bobbi, dans le sud de Minneapolis.

Pas loin de là où j'ai grandi, remarqua Irene.

En passant devant la cafétéria Xenon, May demanda à Irene si elle se souvenait du temps où c'était une quincaillerie-bazar.

Un endroit merveilleux, dit Irene. Je parcourais l'allée centrale en regardant les petits casiers pleins de vis et de boulons.

Ils avaient sept modèles de ventouses en caoutchouc, dit May. Une toute petite pour le lavabo de la salle de bains.

Et des demi-boules de craie bleue.

Des pastilles de peinture gratuites et, au printemps, des présentoirs de sachets de graines.

À chaque rentrée, nous y achetions nos fournitures scolaires.

Des règles Big Sioux.

Des blocs-notes Big Chief.

On devrait faire demi-tour et aller y prendre un café, en souvenir du passé, suggéra May.

C'est vrai ? Ça te plairait ?

La cafétéria Xenon était un agréable capharnaüm rétro avec tables en Formica, chaises à pieds pointus, luminaires bigarrés, et, de part et d'autre d'un canapé en plastique bleu rapiécé au ruban adhésif, des lampes aux pieds de céramique noire en forme de panthères accroupies. May et Irene commandèrent des cafés crème servis dans des tasses blanches à bord haut, et s'assirent à une table de coin près d'une fenêtre percée dans un mur épais. Dehors, la première neige poudreuse filait comme du sable, blanc cru dans une cour clôturée. Le vent soulevait les sarments secs des ipomées qui venaient battre les carreaux.

En fait, je ne sais pas comment tu as connu Gil, remarqua Irene. Sauf qu'il a dit que c'était il y a longtemps.

Quand il avait son atelier dans le Roberts Building, moi j'étais au bout du couloir. Et puis il t'a rencontrée et il est devenu célèbre, *aaaay*.

May lança ce *aaaay* sur le ton des filles de la réserve, sauf qu'elle était un brin timide, ce qui mit Irene plus à l'aise car il était évident que May avait elle aussi surtout grandi en ville. Pourtant elle n'avait pas ce faux accent de la réserve, celui que les Blancs et les Indiens cultivés prenaient plus ou moins en vain, pour se sentir à leur place.

Tu as des enfants ? demanda Irene.

J'ai eu mon fils à seize ans. Avant de savoir que j'étais une lesbienne heureuse et bien dans sa peau.

Alors il est passé de justesse.

May pouffa de rire. Et puis il a de la chance, parce que ma mère l'a élevé. Tu vas danser aux powwows, et tout ça ? Et tes enfants, ils y vont ? Tu as des enfants adorables.

Non, pas beaucoup, à vrai dire. Comment se fait-il que Gil n'ait jamais parlé de toi ? Il n'est pas le père de ton fils, quand même ?

Putain, non.

Elles rirent, une fois de plus. Du creux de son poignet, les doigts arrondis devant son visage à la manière d'un éventail, May ôta la mousse qu'elle avait sur le bord de la lèvre. Ses gestes, très féminins, lui donnaient un air vulnérable, enfantin. Sa voix était légère et murmurante. Pourtant elle était vêtue d'un pantalon cargo couvert de peinture et d'une veste en jean doublée de laine grise. Elle avait la coupe de cheveux de Patti Smith et portait une boucle d'oreille en argent. De l'artisanat indien représentant un oiseau aquatique. Des tonnes d'eye-liner. Du rouge à lèvres cerise. Elle avait la peau claire, mais les cheveux très bruns, comme ses yeux.

Tes yeux et tes cheveux sont exactement de la même couleur, remarqua Irene.

Comme les tiens, dit May. Tu mesures un mètre quatre-vingts ?

Pas tout à fait. Nous avons la même taille, hein.

Elles se dévisagèrent. Irene demanda : Alors, elle est comment ta petite amie ?

Bobbi a elle aussi des enfants. Trois. C'est sympa, stable, tu vois. On s'aime, on s'entend bien. Pour finir.

Pour finir ?

Ouais, j'étais du genre à… bon, tu vois. May devint évasive et regarda par la fenêtre. Irene attendit. May ramena son regard sur elle et prit une profonde inspiration. Elle ne lui demanda pas si elle avait déjà été avec une femme, ni si les femmes l'attiraient, rien de ce style. Mais elle semblait vouloir dire quelque chose, et dans ce silence gêné Irene lâcha qu'elle avait eu une petite amie, autrefois.

Oh, fit May. Il était une fois. Tu es une has-bienne. Elle avait le regard fixe et les sourcils froncés, ce qui incita Irene à parler.

Il y avait beaucoup trop d'identification, trop de liens psychiques et tout. C'était envahissant.

Alors tu t'es trouvé un mec qui allait garder ses distances en te peignant nue.

Irene ne répondit pas, et attendit que May s'excuse, mais elle ne semblait pas du tout regretter ses paroles. Au bout d'un moment, Irene haussa les épaules.

Pas simplement nue. J'ai laissé Gil me peindre le drapeau américain fourré dans le cul. À l'époque, cela paraissait drôle.

Eh ben, fit May. Celui-là, je ne l'ai jamais vu. Tu crois que c'était, euh, une façon de dire quelque chose ?

Je pensais que c'était une superbe métaphore, tu vois un peu.

Tu devais être bourrée.

Évidemment. Tu es vraiment l'amie de Gil ?

Il m'a appelée. May marqua un temps. Pour la première fois en dix ans.

Je ne pige pas. Il parlait de toi, pourtant. Il signalait ton nom quand tu faisais des expositions. Mais je croyais que nous n'y allions jamais parce que tu avais été sa petite amie. Tu ne t'es même pas envoyée en l'air avec lui ?

Une fois, reconnut May.

J'en étais sûre !

Je crois qu'il m'a appelée parce que, primo, il savait que j'étais capable de peindre des nuages. J'en avais déjà peint au plafond de mon atelier, du genre avec angelots rococos et motifs de voûte céleste, je rentrais de Salzbourg, et, secundo, je crois qu'il m'a appelée parce qu'il y avait peut-être dans l'air un vague sentiment de culpabilité à l'idée qu'il ne m'avait jamais jeté un os à ronger lorsqu'il est devenu riche et célèbre.

Ce n'est pas terrible comme os.

Je ne sais pas. Peut-être que si. Nous sommes assises là, tu vois, et euh, je crois qu'il faut que je te demande un truc. Il faut que je te demande le nom de ton père.

Irene le lui donna.

May dit, timide et crispée : C'est aussi mon père.

Irene, les sourcils froncés, mit sa main devant sa bouche. Pendant un moment, elle fut incapable de parler. Elle finit par demander : Tu es de quelle famille ?

Il ne m'a jamais reconnue, et ma mère était enceinte de moi quand elle s'est mariée. Tout s'est arrangé. J'ai un beau-père adorable. J'appartiens à la tribu de ma mère.

Irene sentit une série d'expressions défiler sur sa figure. Ses traits paraissaient incapables de s'arrêter sur une réaction. Elle porta ses mains à ses joues comme pour imprimer une forme à son visage. Ça va, dit-elle. Mais tu ne peux pas savoir. En gros, j'ai grandi seule avec ma mère, sans compter ses petits amis. Je n'ai ni frères ni sœurs.

Tu rigoles.

Irene releva la tête. Je sais ! Une Indienne sans famille. C'est triste. J'ai bien des quantités de cousins, mais je ne les vois pas. Ma mère a coupé les ponts. Ça se passait mal chez elle. Il y a donc des lambeaux de famille, des demi-frères et des demi-sœurs. Je ne les connais pas. J'ai du mal à assimiler la nouvelle. Tu es ma demi-sœur.

Hé, je serai ta sœur entière. À l'indienne. C'est le sang qui compte.

Je suis un peu sous le choc. Je suis sous le choc, quoi. Et toi, tu es sous le choc ?

Non, tu vois, j'avais déjà entendu parler de toi. Mais je n'étais pas sûre.

Quand ça ? Alors tu étais au courant ?

May hocha la tête. Mais, écoute, que voulais-tu que je dise ?

J'imagine. Irene agita les mains, saisie. Elle eut soudain les yeux pleins de larmes.

Gil est au courant ?

J'en doute.

Alors ne lui dis rien. S'il te plaît, voudrais-tu bien ne rien lui dire ?

*13 novembre 2007*

AGENDA BLEU

J'ai brusquement quelqu'un en plus. Une sœur. Quelqu'un qui pourrait être tout à moi, peut-être, comme ma mère était tout à moi. Quelqu'un dont Gil ne sait rien et sur qui j'ai un droit en priorité. Je sais que je me suis isolée rien qu'avec les enfants, rien qu'avec Gil. Avant, j'avais des amis, mais je les ai fait fuir. Il n'y a plus eu de place pour eux quand j'ai rencontré Gil. Les chiens me sont une compagnie suffisante pendant la journée. Chiens et livres, et puis les enfants quand ils rentrent. Mais l'idée que je pourrais appeler May, bavarder avec elle, c'est tellement bizarre. Elle est presque comme une autre moi, une jumelle. Je me demande si les gens trouvent que nous nous ressemblons. Moi, je trouve que nous nous ressemblons. Nos cheveux sont de la même couleur, nos yeux. Très bruns. Peau pâle à chocolat au lait. Même teint. Grosse bouche. Même gabarit, moyen, et poids, moyen. Grandes toutes les deux. Pommettes, nez, bien dessinés. Les yeux bridés, que j'ai toujours trouvés trop petits. Mais les siens sont jolis. L'eye-liner est une touche réussie.

Stoney se précipita vers Irene et la saisit par la taille. Il entortilla ses poings dans la chemise trop ample de sa mère et se mit à pleurer de toutes ses forces. Il avait les paupières serrées et la bouche grande ouverte. La dent qui lui manquait en bas rendait son chagrin d'autant plus poignant. Le cœur d'Irene se serra. Sa poitrine lui faisait mal. Elle se pencha et tint son fils contre elle. Les bras refermés, elle recula vers le canapé du séjour et les fit basculer tous les deux sur les coussins. Stoney resserra son étreinte, en continuant à sangloter si fort qu'il n'arrivait pas à articuler. Il n'y avait rien d'autre à faire que de caresser ses cheveux illuminés de soleil. Irene sentit bientôt les larmes brûlantes transpercer son chemisier.

Qu'est-ce qu'il y a ? Qu'est-ce qu'il y a ?

Les pleurs redémarrèrent avec la même force accablée. Puis Stoney arrêta.

Je ne veux pas être un humain, dit-il. Son ton était véhément. Je veux être un serpent. Je veux être un rat, une araignée ou un loup. Un guépard, peut-être.

Pourquoi ? Qu'est-ce qui ne va pas ?

C'est trop dur d'être un humain. J'aurais voulu naître corbeau ou raton laveur. Je pourrais être un cheval. Je ne veux plus être un humain.

Après avoir réfléchi à quantité d'autres animaux, Stoney raconta à sa mère ce qui s'était passé. L'après-midi, à l'école, il s'était moqué d'un autre enfant. La maîtresse l'avait vertement réprimandé, avant de lui expliquer que cet enfant était handicapé, ce qui avait échappé à Stoney.

Tu t'es trompé, dit Irene, ce n'est pas grave. Tu ne l'as pas fait exprès. Est-ce que tu as dit que tu regrettais très fort ?

Oui, oui, dit Stoney, en se remettant à pleurer. Son visage au teint rose était tout rouge. Ses cils s'agglutinaient en pointes mouillées. La peau autour de ses yeux était gonflée et d'une délicate couleur lavande. Sa douleur s'enfonça en Irene et la força à desserrer les bras, lui piqua les yeux. Elle essaya de retenir Stoney, mais il se libéra avec violence et lança : Ce n'est pas ta faute si tu ne veux pas de moi. On devrait me supprimer.

Irene tendit de nouveau les bras et cette fois-ci Stoney se jeta contre son cœur. Tandis qu'elle le tenait contre elle, ses pensées tournoyèrent ; il lui fallut un temps fou et mille cajoleries pour amener Stoney à changer d'humeur. Plus tard, il lui revint que chacun de ses enfants, à l'âge de six ans, avait été sérieux, avait dit des choses surprenantes, et fait l'expérience de la honte. Parfois l'humiliation était publique, parfois l'incident avait eu lieu à la maison. Mais la première fois, la honte vous transperçait. C'était un sentiment nouveau, inconnu, et atroce. Vous aviez envie de vous glisser hors de votre peau. Irene avait presque oublié comment c'était.

Matin. Les enfants à l'école. Irene à son bureau. Elle sortit la serviette marron, rêche, en papier recyclé de la cafétéria Xenon et la déplia. Elle la lissa. May avait écrit en caractères d'imprimerie affirmés et symétriques, comme si elle avait suivi des cours de dessin d'architecture. Elle s'était servie d'un feutre noir à pointe fine. Le bloc de lettres et de chiffres indiquait un caractère stable et sérieux. Pas une personne impulsive, mais prévenante. Qui avait des principes. L'écriture d'Irene était indisciplinée, maladroite, toujours changeante. Elle examina la sobriété ordonnée de l'adresse, du numéro de téléphone et du courriel de May.

Puisque May avait évoqué les liens du sang, c'était en tant que sœur qu'elle avait dû vouloir connaître Irene. Ou au moins la rencontrer. Il y avait si longtemps qu'Irene n'avait pas cherché à nouer une amitié qu'elle ne savait pas trop ce qui convenait, dans ce cas. Serait-il bien de l'appeler si vite, ou May se sentirait-elle brusquée ? À coup sûr, elle avait maintenant compris qu'Irene n'était pas l'image – héroïque ou avilie – que peignait son mari. Mais tout de même, May risquait d'être déçue quand elle découvrirait qu'Irene était une femme ordinaire.

C'est peut-être mieux d'être ordinaire dès le départ, songea Irene. Ta nouvelle sœur, songea-t-elle à dire, n'a rien de particulier, ou, ta nouvelle sœur est une sacrée loque. Irene appellerait à une heure où il était peu probable que May réponde au téléphone. De cette façon, elle pourrait laisser un message, et May aurait le choix de lui donner un coup de fil, si elle avait envie d'appeler, si elle avait envie de bavarder.

Ou bien elle enverrait un courriel. Et May pourrait prétendre que le message avait fini dans les courriers indésirables. Si elle n'avait pas envie de le lire. Mais contrairement à tout le monde, Irene n'aimait pas communiquer par courriel. Elle avait cessé de le faire parce qu'elle éprouvait l'envie affligeante de trop écrire, comme dans une lettre à l'ancienne. Il avait toujours fallu qu'elle s'explique, qu'elle raconte sa vie, qu'elle avoue, dès qu'elle s'asseyait devant le clavier.

Irene l'avait découvert quand elle avait commencé à communiquer avec les enseignants de ses enfants. D'interminables paragraphes. Gênants. Elle avait effacé ses messages et préféré prendre des rendez-vous en tête à tête.

Ces rendez-vous avec les profs étaient pour elle les seules sorties dans le monde ne présentant aucun risque. Elle les appréciait parce qu'elle pouvait s'asseoir et écouter les profs débiter des listes d'objectifs et raconter des anecdotes sur Stoney, Riel et Florian. Gil y était allé pendant un certain temps, mais il trouvait que les enseignants étaient déstabilisés par Florian, et trop conventionnels pour « piger » Riel. Dieu sait ce qu'ils vont infliger aux compétences naturelles de Stoney, se demandait-il, inquiet. Irene les avait tout pour elle.

Mais une sœur. Elle se vit face aux profs, disant *ma sœur May*, ou même *la tante de Florian. La tante de Stoney. Riel a une tante qui habite St. Paul. Elle s'appelle May.*

La moitié de la journée avait passé avant qu'Irene ne compose le numéro de May. La voix de celle-ci se fit entendre : *Bonjour, laissez-moi un message* – simple et direct, sans chichis. Mais quand le signal sonore retentit, Irene raccrocha. Elle se remit au travail et prenait consciencieusement des notes sur des fiches quand May appela et lui demanda si elle aimerait sortir, pour ce qu'elle appela en riant un déjeuner de dames, à l'hôtel où elle travaillait sur les murs d'une luxueuse salle de réunion.

Encore des nuages ?

Et du ciel. Pas d'angelots, Dieu merci.

J'aime bien cet endroit. On y sert le pain avec des pinces en argent.

Et le beurre sur des copeaux de glace.

C'est chic, et pas donné. Je peux t'inviter ?

À s'entendre, Irene frémit, rougit. Elle se dit qu'elle

avait peut-être offensé May en parlant d'argent et, par là, de l'écart entre leurs situations financières. Mais apparemment May n'y voyait pas de mal.

On me paie. Ne t'inquiète pas. Hé, il va y avoir un powwow à l'école des enfants. Allons-y avant le jour où nous déjeunerons ensemble.

Irene accepta. Quand elles raccrochèrent, elle se laissa aller en arrière sur sa chaise, émue par la chaleureuse affection qu'elle avait fort bien perçue dans la voix de May, et angoissée. Plairait-elle toujours à May quand elle aurait finalement passé du temps avec elle, ou celle-ci préférerait-elle Gil ? Tout le monde, au bout du compte, semblait préférer Gil. Son succès attirait. Il avait une façon élégante de diriger un faisceau de sa puissante attention sur une personne à la fois. Les gens voulaient être l'objet sur lequel il se focalisait, comme l'était Irene. Il était doué pour les contacts, il donnait aux autres la sensation de compter par le seul fait qu'il était là et qu'il s'amusait. Il en était conscient. Le talent agit comme un aimant, disait-il. Où qu'ils aillent, c'était pareil. Irene avait cessé de voyager avec Gil parce qu'elle passait tout son temps seule, ou au mieux dans un coin auprès d'une autre adoratrice timide de Gil. Toujours des femmes. Il savait exactement ce qu'il devait remarquer chez elles. Il avait appris à rendre sa mère heureuse, une tâche écrasante. Avec les autres femmes, disait-il, c'était du gâteau. Facile. Irene avait reconnu qu'il était très fort pour faire plaisir aux femmes. Elle avait du mal à comprendre pourquoi, alors qu'il avait tant d'amis, que tant de femmes pourraient l'adorer, il semblait encore lui donner la préférence.

Elle ne comprenait pas que c'était parce qu'elle n'avait pas besoin qu'on lui fasse plaisir. En réalité, elle détestait cela, elle le redoutait, et finalement, elle s'y refusait. Gil n'y pouvait rien. Il éprouvait pourtant l'envie irrésistible de lui apporter des fleurs, de choisir des vêtements pour elle, de lui confectionner des petits pains au lait, d'acheter des carnets, de la cire à cacheter, des aimants décoratifs pour le frigo, des vases minuscules, et le tout dernier parfum capiteux, ou celui dont une célébrité assurait la promotion. Dès son plus jeune âge on lui avait appris à faire plaisir aux femmes, il était donc contraint de poursuivre ses tentatives avec Irene, même si les chances de succès, au fil des ans, n'étaient pas simplement en sa défaveur, ou inexistantes, mais ne faisaient qu'aggraver la situation.

Je veux que tu cesses de m'offrir des cadeaux, dit Irene. Je suis un peu déboussolée. Je t'ai demandé de t'en aller, mais non, toi, tu m'offres des cadeaux.

Tu resteras peut-être avec moi si tu ouvres celui-ci, répondit Gil. Il lui lança un sourire désarmant. Il ne compte pas. Je l'ai trouvé. Tu seras contente de l'avoir ouvert. Vraiment, il est tout petit.

Le paquet contenait une exquise flèche en or, une barrette à porter au revers d'un vêtement.

Je n'aime pas l'or, dit Irene, en lui rendant le bijou. Pas de cadeaux.

Tu l'aimerais en argent ?

Je t'assure, dit Irene. Pas de cadeaux. Elle était étonnée de voir que son insistance contrariait profondément Gil.

Il allait et venait, la jolie petite boîte à la main, l'ouvrait, la refermait. Il vit dans la réaction d'Irene un rejet de ce cadeau-là, et peut-être de tout ce que lui-même représentait, de tout ce qu'il pouvait faire.

Si tu ne voulais pas de cadeaux, tu n'aurais pas dû ouvrir l'écrin !

Il le lui lança à la tête. Un coin atteignit Irene à la joue, elle bondit et attrapa une grosse lampe en céramique marron, dont elle arracha le fil du mur dans un crépitement qui libéra des étincelles. Elle avait appris que la riposte au premier geste agressif de Gil devait être de taille ; elle devait l'effrayer sinon il prendrait de l'assurance et lui ferait mal pour de bon. Elle empoigna la lampe par le goulot, comme un gourdin, et la tint à hauteur d'épaule. L'abat-jour tomba avec fracas sur la table basse, puis bascula sans bruit sur le tapis. Le regard de Gil vacilla, et face à elle il baissa les yeux.

Stoney, sur le seuil de la chambre de Florian, regardait son frère assis devant son ordinateur. Dans une main il serrait *Je vais me sauver,* et son lion était coincé sous son bras.

Quoi de neuf, Quark Charme ? demanda Florian. Ses yeux ne quittèrent pas l'écran une seconde.

Stoney grimpa sur le lit défait et se nicha dans les oreillers. Il avait appris que s'il ne parlait pas, lisait son livre, tenait son lion dans ses bras, Florian lui permettrait de rester. Il ne verrait même pas d'inconvénient à ce que Stoney s'endorme.

Stoney se réveilla dans le noir à côté de Florian. Pendant un moment il fut tellement heureux qu'il s'efforça de rester éveillé pour sentir son bonheur. La respiration régulière de Florian, son poids et sa chaleur, formaient une barrière contre l'obscurité qui flottait, informe et mouvante. Stoney s'assoupit, mais, de nouveau, il entendit les bruits qui l'avaient réveillé. Son père et sa mère se disputaient. Ce n'était pas trop grave, ils criaient, sans plus. Pas de raffut, pas de chocs, pas de hurlements. Pourtant, ces derniers survenaient souvent. Il serra fort les paupières. Riel traversa le couloir, referma la porte pour échapper aux bruits, et se glissa à son tour près d'eux. Stoney tendit la main et Riel la saisit. Alors, Stoney se sentit bien. Florian s'enroula autour de lui de l'autre côté, un oreiller plaqué sur les oreilles.

Stoney se réveilla juste avant l'aube, retourna à pas de loup dans sa chambre, et se glissa entre ses draps glacés. Il se rendormit – pas de mauvais rêves. Un peu plus tard, sa mère le réveilla et sortit ses vêtements. Il s'habilla, toujours endormi, et suivit Florian au rez-de-chaussée. Riel descendit la dernière et eut à peine le temps de déjeuner. Leur bus arriva et les emmena à l'école.

Au grand jour, les enfants ne se disaient jamais qu'ils avaient dormi dans le lit de Florian, ni qu'ils s'étaient tenus par la main.

Gil mettait au point les tableaux, les couleurs, l'émotion et, ce faisant, il était heureux. Il ne se sentait pas seul quand il travaillait. Même quand par ailleurs les choses n'allaient pas très fort, il arrivait à peindre. Peu importait, même, qu'Irene soit en colère. En fait, c'était mieux. Quand ils étaient heureux, quand Gil pouvait compter sur son adoration quotidienne, les tableaux semblaient virer à l'insipide. Il devait combattre le sentiment de satisfaction.

Au fur et à mesure qu'elle s'éloignait de lui, les tableaux devenaient plus forts. Le violent désir qu'il avait d'elle leur donnait vie. Dans ses tableaux, il mettait son chagrin, la nature insaisissable d'Irene, l'avidité de son étreinte, le rejet d'Irene, l'amertume de son espoir, la rage maussade d'Irene. Il avait pris conscience que plus leurs rapports étaient tendus, plus son travail en bénéficiait. Il n'avait pas encore songé à se demander si ses soupçons à l'égard d'Irene étaient aussi une méthode visant à la repousser, afin de ressentir son absence, puis un douloureux appétit duquel tirer son art.

Blanc de plomb, blanc de Cremnitz, céruse, carbonate de plomb… c'était le meilleur blanc, le seul blanc qu'employait Gil, et la plus ancienne des couleurs. Dans ses écrits, Pline l'Ancien avait parlé du blanc de plomb, utilisé pour peindre les bateaux. Pour le fabriquer, les Romains enduisaient des plaques de plomb d'excréments ou d'urine, raclaient ensuite au-dessus de grandes jarres les écailles blanches qui se formaient à la surface. Les maîtres hollandais avaient inventé la technique de l'entassement – des rouleaux de plomb placés dans des pots en terre sur des tas de crottins de cheval à l'intérieur d'une cabane hermétiquement fermée. Gil redoutait que le blanc de plomb ne devienne difficile à trouver en raison de sa toxicité. Il en faisait donc des réserves quand il en avait les moyens, et se constituait un stock dans le placard de son atelier. Il ajoutait peu à peu dans cette cachette les couleurs essentielles, le lexique de Vélasquez : ocre jaune et jaune de plomb étain, vermillon, terre rouge, carmin, azurite, outremer (le vrai, composé de lapis-lazuli pulvérisé), smalt (verre pilé, un bleu sombre), et terre d'ombre naturelle. Quand il était en pleine création, il lui arrivait de préparer ses couleurs, des couleurs au liant qui accompagnaient avec fluidité les coups de pinceau. Il avait donc dans son placard des pots de pigments en poudre et de l'huile de lin. Et puis aussi d'autres pinceaux : martre, blaireau, putois, écureuil. Il avait des flacons d'huile pour bébé, du savon du Dr Bronner servant à se nettoyer les mains, et quelques litres de vodka au cas où il n'en aurait plus en bas.

Son placard était absolument impeccable, organisé de façon obsessionnelle. Son atelier était une pagaille extravagante.

Quelques-uns des meilleurs souvenirs d'enfance de Gil étaient liés aux obsèques de son père. Parce que le père de Gil n'avait pas épousé sa mère, une Blanche, ni eu l'occasion d'apposer son nom sur le certificat de naissance de son fils, Gil n'avait pas la possibilité d'appartenir à la tribu paternelle, qui de toute façon avait connu la terminaison puis la reconnaissance fédérale, ce qui avait totalement embrouillé les registres des droits d'appartenance. Peu de gens s'étaient aperçu que les États-Unis avaient des troupes au Viêt-nam quand le père de Gil fut ramené chez lui pour y être enterré. Une voiture pleine d'individus à la peau brune apparut soudain sur le parking de l'immeuble où Gil vivait avec sa mère, à Billings, dans le Montana. Ils se joignirent à eux pour un long trajet. Finalement, une route gravillonnée les mena parmi des collines aux formes arrondies. Gil sortit de la voiture dans un air vif et entra dans une église au clocher blanc, couverte de bardeaux bruns. Des gens étaient assis ici et là sur les bancs. Devant l'autel il y avait un cercueil, fermé. Un drapeau américain le recouvrait, et des soldats montaient la garde de part et d'autre.

Quand Gil s'approcha et posa les mains sur le drapeau, un murmure s'éleva. On entendit des bruits traduisant l'intérêt, la compassion, l'exaltation. Les gens vinrent à lui, lui serrèrent la main, lui caressèrent les cheveux et lui parlèrent avec douceur. Certains avaient les larmes aux yeux, échangeaient des regards, hochaient la tête, se tournaient de nouveau vers lui. Les vieux parlaient de lui dans leur langue, et Gil sentit que ce qu'ils disaient était gentil. Plus tard, dans une petite arrière-salle, ils lui donnèrent à manger de la soupe à la viande, des pommes de terre, et une vieille femme se cramponna à sa main. Il ne savait pas où était partie sa mère. Il ne s'en souciait pas. Il voulait rester là où il était.

Ils passèrent la nuit dans des sacs de couchage, par terre dans la maison de quelqu'un. On était en novembre et le lendemain, quand ils enterrèrent son père, le vent qui avait soufflé fort toute la matinée se calma et le soleil perça soudain sous des nuages gris ardoise annonçant la neige. Depuis une colline voisine, la voix d'un homme s'éleva en un chant à vous glacer les os et le prêtre se tut. La vieille femme qui avait tenu la main de Gil se pencha et sortit une coiffe de guerrier en plumes d'aigle d'une valise en carton déglinguée. Elle s'adressa à Gil et lui posa la coiffe sur la tête. Le chant s'éleva à nouveau. Avant cela, les seuls Indiens que Gil avait connus étaient des femmes silencieuses croisées dans les épiceries, qui apparaissaient et disparaissaient entre les rayons, de temps à autre un ivrogne sur le trottoir, des camarades de classe qu'il ne fréquentait pas, ou un Indien à la télévision.

Il avait l'impression d'être dans un rêve et d'avoir jusque-là vécu une imposture. Une fois rentré chez lui, pourtant, il rangea la coiffe dans la valise, sous son lit, et oublia ce qui s'était passé sur la colline. Il n'y repensa pas avant d'entrer grâce à une bourse à l'université de Chicago. En apprenant qu'il était du Montana, un garçon lui demanda s'il connaissait des Indiens, et à sa grande surprise Gil répondit : Mon père.

Irene avait expliqué à Gil qu'il avait du mal à s'entendre avec Florian parce qu'il n'avait pas bien connu son père – Gilbert Florian. Gilbert Florian LaRose. Tu n'as pas du tout l'étoffe d'un père, lui avait-elle affirmé. Ta mère a gâché ta faculté d'être père. Gil trouvait qu'il avait tout à fait l'étoffe d'un père, imparfait, versatile, mais tendre. Il aimait vraiment son fils. Mais Florian ne l'avait jamais beaucoup aimé, même pas au début. Il n'y avait pas de câlins spontanés, et à l'âge des premiers pas Florian l'avait fui – pour toujours se précipiter vers Irene.

Maintenant, à treize ans, Florian était grand et mince, il avait d'épais cheveux bruns qui poussaient tous dans le même sens, comme une fourrure de loutre. Son visage allait en s'effilant jusqu'à un menton élégant, un peu proéminent. Sa bouche intelligente était incurvée à chaque commissure, ce qui lui donnait toujours l'air de réprimer un sourire moqueur. Il avait le nez fort et parfait de Gil. Et encore de délicates joues de fille. Chose étonnante chez un garçon d'une telle beauté, il pouvait aussi avoir l'air un peu nigaud, déboussolé, les lunettes de travers ou glissant le long de son nez. L'un des gestes habituels de Florian consistait à repousser violemment ses lunettes aux fines montures noires sur l'arête de son nez, et à les y maintenir en regardant fixement devant lui, presque en louchant, les sourcils froncés sous l'effet de la concentration.

Parfois, quand ses lunettes glissaient, Gil les lui remettait en place d'un coup d'index brutal.

Je vais te les agrafer sur la tête, lui dit-il un jour.

Irene était assise à côté de Gil. Elle entendit ses paroles. Florian se tourna vers elle. Elle regardait dans le vide, un verre de vin à la main. Florian se souviendrait de ce moment. La première fois où il avait compris que sa mère était ivre.

Florian avait été tellement attaché à sa mère qu'il avait pleuré tous les jours, pendant un mois, en partant à l'école maternelle. Il avait pleuré jusqu'à ce qu'il découvre son deuxième amour – les fractales. Irene l'avait surpris examinant la photo d'un flocon de neige sur la couverture d'un livre. Il emporta le livre au lit. Elle le trouvait contemplant des taches, des fougères, des traces, des tourbillons de poussière. Contemplant avec une concentration aveugle quelque chose qu'elle ne voyait pas. Chez leur disquaire préféré, elle choisit un CD sur la couverture duquel figurait une forme magnifique et compliquée, et quand dans la voiture Florian l'aperçut, il s'enflamma et supplia Irene jusqu'à ce qu'elle lui mette le boîtier dans les mains. Les crédits de couverture disaient « ensemble de Mandelbrot », et quand elle eut cherché ce que c'était, elle comprit que la fascination de Florian avait un nom. Mais elle fut aussi un peu effrayée. Dans tout ce qui l'entourait, Florian recherchait la self-similarité fractale.

Irene se mit en quête de formes dont les parties étaient en réduction des copies du tout. C'était Gil qui les repérait le mieux. Il expliqua qu'il y avait parfois dans les tableaux de Jackson Pollock des zones s'apparentant à des fractales, et dans un magasin où l'on vendait des poissons, il prit une petite branche en imitation corail et lui montra pourquoi c'en était une. Mais la fascination de Florian n'était qu'un prélude à ce qui advint quand il commença à compter. Personne ne lui apprit à compter. Ses lèvres se mirent à remuer. Il absorbait les chiffres. Gil lui acheta une boîte de réglettes Cuisenaire. Florian emporta la boîte au lit et se leva tôt, s'assit dans son pyjama froissé et combina et recombina les différentes longueurs et couleurs pour en tirer des calculs mathématiques.

Florian était donc amoureux des maths. À dix ans, il avait terminé le programme de maths du lycée, et maintenant il allait tous les après-midi à l'université du Minnesota. Il passait ses matinées à l'école que fréquentaient Riel et Stoney, un établissement privé où les patrons des entreprises de semences et de céréales, les cadres de chez Target, les gens plus ou moins célèbres – les stars de l'athlétisme de la ville, les chefs d'orchestre, les médecins et les avocats – envoyaient leurs enfants. Irene voulait qu'on enseigne les lettres à Florian, mais il s'était glissé dans un cours de physique théorique, et c'était pendant ce cours de physique au lycée, dispensé par une jeune femme noire, grande, calme et sérieuse, que Florian était une fois de plus tombé amoureux – de son professeur, Mme Francine Blithe, et de la physique.

Chaque fois que Gil présentait Florian, il disait : voici mon fils, c'est un génie des maths. Posez-lui n'importe quelle question. Florian rougissait et baissait vivement la tête, fourrait ses mains dans ses poches. Il s'écartait à pas de loup pour échapper au poids du bras de son père. Mais il avait fini par adorer la fierté qu'il percevait dans sa voix. Un jour, Gil s'était tourné vers lui, l'avait regardé dans les yeux et lui avait demandé, avec une sincérité émouvante : Tu sais que tu n'es vraiment pas comme les autres ? Gil avait secoué son fils, presque brutalement. Hein, tu sais que tu n'es vraiment pas comme les autres ? Tu le sais ? Tu le sais ?

Rien de tout cela ne serait arrivé si Gil ne lui avait pas sauvé la vie. Quand Florian avait quatre ans, assis sur son siège-auto à l'arrière de la voiture, il avait lancé une balle pompon à la tête de son père. Gil venait de lui hurler de cesser de pleurnicher, et Irene lui avait tendu le jouet, une balle frémissante qui ressemblait à un oursin fluorescent aux piquants caoutchouteux. Tous les trois roulaient vers le sud sur la 35W, pour rattraper la transversale 62, quand Florian avait jeté la balle, qui n'avait peut-être pas provoqué l'accident, mais qu'il se rappelait encore avoir lancée juste avant que Gil n'emboutisse violemment l'arrière d'une camionnette de livraisons. La voiture était partie en vrille vers le bas-côté et les portières s'étaient ouvertes à la volée. L'airbag d'Irene était resté gonflé, mais celui de Gil s'était aussitôt affaissé. Lorsqu'il avait tourné la tête pour vérifier que Florian n'avait rien, Gil avait vu qu'en se tortillant son fils avait quitté son siège-auto, bondi par la portière ouverte, et qu'il filait à travers cinq voies de circulation. Il s'était précipité derrière lui. Il n'y avait eu ni pensée ni hésitation. Il avait les yeux rivés sur l'enfant. Il avait récupéré Florian sur la quatrième voie et esquivé, sprinté, plongé, pour franchir la dernière. À demi étourdie, Irene s'était dégagée de l'airbag puis avait fait face à l'invraisemblable flot de voitures et de camions dans lequel son fils et son mari avaient disparu. Ils étaient déjà de l'autre côté, debout sur le terre-plein central jonché de détritus. Gil s'était mis à trembler. De temps à autre, pendant les quinze jours suivants, il s'était retrouvé saisi de tremblements incontrôlables. Il éprouvait une terreur rétrospective, qui sur le coup l'avait aussi stimulé. Il ne cessait de penser au moment suprême, le moment à la Lord Jim. Un seul acte et tout bascule, un personnage se bâtit ou se détruit. Il n'avait aucun souvenir du moment qui avait précédé celui où il s'était rué dans la circulation. S'il s'était arrêté pour réfléchir… il aurait vacillé. Mais non. Il avait foncé. En quelques secondes, ils étaient en sécurité de l'autre côté. Et Irene avait tout vu. Elle était près de la voiture, tout juste capable de se tenir debout. Ses mains étaient plaquées sur sa bouche. Ses yeux débordaient de larmes. Quand tout fut terminé et qu'ils se retrouvèrent au lit sains et saufs, à la maison, tous les trois, avec Riel, qui Dieu merci était restée avec la baby-sitter, Irene avait eu cette pensée : *une vie en échange d'une vie.* Peu importait ce que faisait Gil, il avait sauvé l'enfant qu'elle lui avait donné, leurs vies étaient donc unies par un lien primitif, qui, malgré tout, s'éroderait en un temps record.

Une vie entière de pardon ne suffirait pas, songeait-elle parfois, alors pourquoi Gil m'est-il insupportable ?

Le soir du jour où Irene s'était organisée pour retrouver May, avait lieu dans un musée le vernissage d'une exposition – un artiste connu au Walker Art Center. Gil amadoua Irene pour qu'elle l'accompagne. Elle passa une nacre opalescente sur ses paupières, mit du rouge à lèvres chatoyant, un peu d'éclat sur ses joues, et enfila une robe moulante ivoire, des bas ivoire et des bottes vert clair aux talons noirs et ronds.

Gil lui avait acheté ces bottes, et quand elle descendit les marches il se campa au pied de l'escalier, la main tendue, théâtral. Il dit : Je serai avec la plus belle femme de la salle !

Florian et Riel, qui étaient dans l'entrée, se donnèrent un coup de coude en entendant leur père. Gil le disait chaque fois qu'il emmenait Irene à une soirée. Ces mots avaient d'abord été une plaisanterie à l'intention de leurs enfants. Ils continuaient tous les deux à rouler des yeux, à feindre d'avoir du mal à garder leur sérieux. Mais les mots avaient pris une tournure assez poignante. Florian et Riel s'étaient retrouvés dans l'entrée, sans admettre qu'ils attendaient la formule. Ils auraient été peinés de ne pas l'entendre.

À cause de la série America, Irene avait l'impression que sa présence causait de la gêne chez les autres Indiens, surtout ceux d'un certain âge. Mais pour les non-Indiens du monde des arts, son mariage avec Gil était devenu un mariage emblématique. Un mariage sexy. Elle entendit ce genre de propos, ce soir-là. Tous les deux, vous êtes des figures emblématiques ! Parce qu'elle avait regardé le catalogue d'exposition de Gil, elle ne put s'empêcher de penser que son interlocuteur l'avait vue entièrement mise à nu, à travers les yeux de Gil. Vous étiez de toute évidence faits l'un pour l'autre, assura une blonde soumise à un régime draconien. Il vous adore, lança une autre. Vous avez tellement de chance d'avoir un mari talentueux dont vous êtes l'obsession ! Tous les deux, vous êtes pareils !

Non, finit par répondre Irene, je suis de la bouffe, un point c'est tout.

Quel genre ? La femme écarquilla les yeux, en affectant une fausse bienveillance.

De la bouffe industrielle.

Elles éclatèrent de rire, comme si Irene avait lancé un trait d'esprit follement brillant, et puis très vite la femme se détourna.

Gil avait grandi avec les condensés du Reader's Digest, et des romans à suspense en édition de poche. Il continuait à adorer les sitcoms. Irene avait grandi avec Shakespeare. C'était peut-être snob de le prendre à cœur. Mais elle y accordait de l'importance quand on lui soutenait qu'ils étaient pareils. Non, nous ne sommes pas pareils, répondait-elle. Nous avons des sensibilités totalement différentes. *Mais, bien sûr*. L'interlocuteur souriait comme pour la pousser à croire au rêve qu'elle avait d'être un peu différente de son mari. Pourtant c'était vrai. Elle aussi avait été une enfant unique, mais de la classe moyenne, et élevée avec sérieux. Sa mère subvenait à leurs besoins en donnant des cours d'anglais aux quatre coins de la ville.

Winnie Jane était prof à domicile, militante de l'AIM, elle aimait les cérémonies, tenait des journaux intimes, était terriblement attentive aux autres. Winnie Jane avait élevé sa fille en bonne Ojibwé après s'être séparée de Calvin American Horse. Irene n'avait pas vu son père depuis des années. Il voyageait sans cesse, donnant des conférences, célébrant des cérémonies. Il avait du sang dakota et avait fait de la prison après l'occupation de Wounded Knee. Il avait quitté Winnie Jane au bout de quelques mois, s'était marié deux fois, avait d'autres enfants, y compris May, bien entendu. Il vivait la plupart du temps en Californie et à Hawaï, avec sa femme actuelle, une Blanche, très rigide dans son idéologie païenne, qui n'appréciait pas les portraits d'Irene.

Winnie Jane avait vécu assez longtemps pour élever Irene et voir ses petits-enfants – c'était déjà une bonne chose. Pas suffisant, mais déjà une bonne chose. Irene avait grandi au cœur de Minneapolis, sans télévision. Sa mère l'avait traînée à tout ce qu'il y avait d'ojibwé. Elle avait appris l'histoire des réserves avant le Serment d'allégeance. Winnie Jane adorait aussi les enregistrements des pièces historiques de Shakespeare, et *Hamlet*, *Macbeth*, *Le roi Lear*. Aucune des comédies, évidemment. Elles étaient Indiennes.

Gil avait grandi devant le poste de télé rapporté par sa mère du sous-sol de l'église. Il était capable de citer des intrigues et des répliques des rediffusions de *The Brady Bunch*, *The Courtship of Eddie's Father*, *The Mary Tyler Moore Show*, *All in the Family*, et *I Love Lucy*. Chaque épisode fourmillait de réparties bien envoyées, de rires enregistrés, finissait en un festival de oooh et de aaah. Les fins d'Irene étaient de délirants bains de sang, forcément. Gil avait un point de vue sentimental alors que celui d'Irene était tragique. L'association du tragique et du sentimental engendre le kitsch. Irene avait le sentiment que dès qu'elle ouvrait la bouche en public pour juger de son mariage, elle donnait voix au kitsch.

Ils cuisinaient ensemble : Irene préparait une vinaigrette et Gil broyait des feuilles de basilic mélangées à de l'ail et de l'huile d'olive.

Je ne peux plus aller à ces soirées, dit Irene. Sa voix était ferme, trop assurée. J'ai l'impression d'être mangée toute crue.

Que c'est kitsch, comme expression, remarqua Gil. Mangée toute crue.

J'ai besoin d'une gousse d'ail. Tu peux m'en presser une ? Il faudra que je parle de notre mariage. Je ne peux plus le faire.

Il ne reste pas beaucoup d'ail. Tiens. Gil en mit un peu dans le bocal qu'elle utilisait pour mélanger l'assaisonnement de la salade. Pourquoi ne peux-tu pas parler de notre mariage ?

Parce que notre mariage est kitsch.

Tout est kitsch, affirma Gil. Il plongeait toujours ses plaques de lasagnes dans l'eau chaude pour les ramollir, ce qui, soutenait Irene, était inutile.

Ils revinrent à une de leurs interminables discussions, en commençant par les pâtes, puis le kitsch. Ce n'était pas une dispute, mais le genre de discussion qui pouvait durer des années, où chacun trouvait des bribes de preuve afin de démontrer qu'il avait raison, bribes qu'ils lâchaient au cours de la confrontation suivante un, deux, ou trois mois plus tard. Ils étaient de retour en territoire connu. Il leur arrivait de se disputer pour se rassurer.

Toutes les images sont réservées, dit Gil. D'un air de défi, il laissa tomber les pâtes dans l'eau chaude, salée et additionnée d'huile.

Il me faut plus d'ail que ça, dit Irene. Gil se mit gentiment à éplucher la dernière gousse.

C'est le problème avec la peinture ; elle n'est que référence, reprit-il, tout en introduisant la gousse pelée dans le presse-ail. Il est presque impossible de ne pas faire du kitsch, Irene, mais si tu aimes peindre, tu peins quand même. Je prends le risque ! Le nu féminin est kitsch. Tu es kitsch ! Il la regarda en écarquillant les yeux et, le bras en l'air, pressa la gousse d'ail d'une main.

Gil tint de nouveau le presse-ail au-dessus de la vinaigrette, et cette fois-ci ce fut Irene qui racla les petits morceaux.

Ce qui est kitsch ce sont les Indiens en tant qu'images, affirma Irene. On ne peut pas y échapper. Jamais nous ne récupérerons la franchise. Elle posa la main sur l'ouverture du bocal et le secoua.

Très bien, admit Gil, alors contentons-nous de dire que je compense l'absence de kitsch dans nos cultures originelles.

Qui peut dire que le kitsch n'existait pas ?

Gil lissait le contenu d'un pot de sauce tomate sur sa première couche de lasagnes. Il travaillait avec beaucoup de minutie, en prenant soin de tout bien recouvrir.

Le kitsch, dit-il avec un soupir, n'apparaît que dans une culture de consommation et une religion iconique, une religion de la représentation. Irene, tu devrais le savoir. Il n'y a sentimentalité que lorsqu'une culture tout entière prend part à un mensonge.

Irene laissa tomber du mesclun dans un bol en zebrano qu'elle avait acheté dans un magasin culinaire et qui faisait sa fierté. Elle était froissée par le ton de Gil, par cette supériorité qu'il finissait toujours par adopter quand il parlait de ses théories artistiques. Il n'avait pas un gramme d'humilité, remarqua-t-elle, ni même d'humilité feinte, celle qu'il affichait quand il était interviewé.

Le kitsch, poursuivit-elle, existait dans les cultures maya, inca, aztèque. Ces coiffes géniales ! La mort collective. Arracher aux gens leur cœur encore palpitant. Le kitsch existait certainement dans ces cultures – sinon Mel Gibson n'aurait pas pu tourner de film.

Gil fit la grimace et percha ses lunettes sur son nez. Le kitsch n'apparaît que lorsqu'une culture atteint un certain niveau de haine de soi. La culture doit être autoréférentielle. Il lui faut des miroirs.

Tu déconnes. Des miroirs. Tout ce que je sais, c'est que tu fais du kitsch avec moi.

Non, Irene. Je peins la mort.

Irene haussa les sourcils et cessa de parler.

Mais plus tard, quand ils revinrent pour finir de préparer la salade et sortir les lasagnes du four : Ah, Gil, la mort aussi c'est kitsch.

La mort ne peut pas être kitsch.

La mort est une répartie bien envoyée, une fin bien ficelée. Et elle a un thème musical.

Donc tu vois, c'est ce que je disais, tout est kitsch.

Oui, mais je ne veux pas que notre mariage soit kitsch. Je veux qu'il soit authentique. Réel.

Ils apportaient les plats à table. Les enfants bavardaient à l'étage au-dessus, prêts à descendre pour le dîner.

La réalité est de mauvais goût, dit Gil. Tu veux des croûtons ?

Ceux à la farine de maïs, je les adore. Le kitsch est pire que le mauvais goût, Gil, c'est de l'hypocrisie. Je suis sérieuse, là. C'est représenter quelque chose et lui donner une apparence solide, charmante et lisse alors qu'elle est fracturée, douloureuse et malsaine. Comme nous.

Gil était presque sorti de la pièce, mais il revint.

Comme nous, répéta Irene.

Je nous trouve magnifiques, dit Gil, la main sur l'encadrement de la porte. Sa voix était triste et digne. Je nous trouve imparfaits, mais extraordinaires. Tu ne sais pas ce que tu as, de bien des façons.

Gil avait terminé l'opération profond désir, à l'exception du souhait d'Irene – il refusait vraiment de croire qu'elle ne plaisantait pas, même s'il savait que c'était dans l'air, qu'elle lui demande de partir. Pas question. Son art était hanté par la tragédie, mais pas sa vie ; il ne le permettrait pas. Pas de fin triste. Aucun autre homme n'aurait Irene. Plutôt que de partir, il préparait une surprise extraordinaire. Irene n'aimait plus sortir ? Il allait lui faire changer d'avis ! À coup sûr, s'il donnait une soirée merveilleuse, exceptionnelle, gigantesque, en l'honneur d'Irene, elle se rendrait compte à un moment donné de ce joyeux tourbillon que personne d'autre ne mettrait sur pied une soirée rien que pour elle. Personne ne l'aimait ainsi. Personne n'organisait de fête pour elle. Le moment viendrait. L'ampoule s'allumerait au-dessus de sa tête. J'aime Gil pour de bon ! La foi qu'il avait dans ces moments d'épanouissement personnel qui changent votre vie était un autre de leurs sujets de débat. Mais il savait qu'il avait raison. Ces moments-là avaient lieu. Il était convaincu qu'ils existaient. Gil se cramponnait à une candeur bornée.

D'aucuns la nomment déni. Les gens se moquent du déni, ou vont jusqu'à mépriser ceux qui s'accrochent obstinément à une idée impossible, surtout quand une relation amoureuse est en jeu. Il arrive pourtant que chez certains le déni soit considéré comme noble. Il arrive qu'il soit considéré comme une forme de folie sacrée. Le bout de vos doigts est-il assez sensible pour sentir un cheveu sous un morceau de papier ? Et une douzaine de morceaux de papier ? Deux douzaines ? Il y a des gens tellement sensibles qu'ils sont capables de retrouver un cheveu sous trois douzaines de morceaux de papier. Gil avait ce genre de sensibilité-là. Le cheveu sous les épaisseurs de papier était quelque chose d'affreux qu'il ne voulait pas sentir – la honte, peut-être, la honte, probablement. Peu importait la quantité de papier qu'il empilait, il continuait à sentir le cheveu. Il devait travailler sans relâche à son déni, il devait maintenir les papiers bien empilés.

Il programma la fête d'Irene pour le soir où il lui avait annoncé qu'il partait à Washington, recevoir un prix et prononcer un discours. Ce soir-là, en réalité, il avait convié à un dîner au champagne tous les gens de Minneapolis et de St. Paul qu'il aimait bien, pour fêter l'anniversaire d'Irene. La soirée serait élégante, festive, illuminée aux chandelles.

Il songea à téléphoner à Germain, à lui téléphoner, à vrai dire, pour l'inviter à la fête. Et peut-être, avant cela, les surprendre ensemble.

Dès que Gil se souvenait qu'Irene lui avait demandé de partir, ses pensées douloureuses se tournaient vers la fête. Quel tableau : des gens grouillant partout dans la maison. Ses portraits d'Irene sur les murs. Quelques-uns des derniers. Il inviterait ses collectionneurs locaux, bien entendu. La soirée ferait aussi office de vernissage privé. Il en résulterait peut-être une ou deux ventes. Quel mal y avait-il à cela ? Mais il n'accepterait personne dans son atelier, décida-t-il. D'abord, c'était une pagaille pire qu'à l'accoutumée. Et puis, il défendait son territoire. Il voulait cacher le tableau qui lui donnait du fil à retordre, le portrait d'Irene auquel il travaillait. Ce tableau était inquiétant. L'énergie alimentée par son violent désir paraissait être devenue négative. Il avait beau essayer un tas de choses, le transformer, Irene semblait morte.

Évidemment, cela rendait aussi le tableau intéressant.

Cette fête surprise leur remonterait le moral. Il prit garde de ne pas en parler aux enfants. Ils risquaient sans le vouloir de vendre la mèche. Il avait engagé un traiteur, mais il aurait préféré cuisiner pour tout le monde. Il avait téléphoné à May, s'était arrangé pour qu'elle invite Irene à déjeuner, puis la suive, où qu'elle aille ensuite, et enfin se débrouille pour la croiser par hasard, et la ramène à la maison. Plus tard, il interrogerait May afin de savoir où était allée Irene, exactement. À l'heure où la fête commencerait, il le saurait.

Dans l'après-midi, pendant que May distrairait Irene, les traiteurs et Gil fonceraient s'installer. Tout du long,

Irene croirait Gil à l'aéroport ou en route pour Washington. Il ne cessait d'imaginer son visage au moment où elle passerait la porte en compagnie de May. Elle aurait vu son amant dans l'après-midi. May lui dirait où. Irene se demanderait s'il était au courant. Serait-elle satisfaite ? Ravie ? Horrifiée qu'il l'ait surprise ?

## *16 novembre 2007*

AGENDA ROUGE

J'emmène parfois les enfants dans le quartier de Powderhorn voir la petite maison blanche où j'ai grandi. Nous garons la voiture sur Longfellow et nous restons sur le trottoir d'en face, à observer les fenêtres. Nous n'avons jamais vu personne à l'intérieur. La dernière fois que nous y sommes allés, le jardin était encombré de hula hoops, d'un scooter et de jouets en plastique aux couleurs vives. Cela m'aurait plu. Avec ma mère, notre vie était trop bien rangée.

Gil va recevoir un prix d'une association qui soutient les actions sociales progressistes en faveur des enfants. Il a offert des tableaux et exécuté des travaux de graphisme pour cette organisation. Apparemment, c'est un truc important.

Il y a maintenant des mois que Gil m'a accusée de fréquenter quelqu'un d'autre. Il devait avoir des soupçons depuis longtemps parce qu'il avait réuni des idées, des certitudes. Je n'aurais pas le temps d'avoir une liaison, ai-je affirmé, et je crois que j'ai ri. J'ai dit la vérité. Il n'y avait pas de liaison. Je suis fidèle à Gil pour des raisons évidentes.

La température allait baisser de nouveau pendant le week-end, et la neige rendrait la glace granuleuse en surface. La patinoire venait d'être inondée. Elle était d'un gris bleu laqué. Le samedi, Irene emmena Stoney et Riel patiner. Ce serait une bonne année pour le patin – glace épaisse depuis la première gelée. Irene emporta dans la voiture une petite chaise en plastique, que Stoney pousserait, le temps d'apprendre à garder l'équilibre. À la patinoire, Stoney, patins aux pieds, marcha à pas pesants derrière la chaise. Il était enthousiaste, mais prudent. Il portait une combinaison rouge et un chapeau de fou en laine polaire jaune orné de clochettes.

Riel et Irene tournaient sans se presser autour du tintinnabulant Stoney, en jouant aux championnes de patinage en couple. Irene soulevait Riel quand elles pirouettaient. Il y avait un cône orange à un bout de la patinoire, toujours au même endroit. Là, une source jaillissait sous la glace et la rendait plus fragile.

Comment faisaient les Indiens d'autrefois s'ils passaient au travers de la glace ? demanda Riel, qui patinait avec sa mère en la tenant par les mains. Elles tournèrent autour du cône orange.

On pourrait rouler en pick-up là-dessus, affirma Irene.

C'est ce que tu dis toujours. Mais comment faisaient-ils ? insista Riel.

Ils ne passaient jamais au travers. Il y a toutes sortes de glaces, et ils savaient regarder et juger aussitôt si elle pouvait soutenir leur poids.

Et ils apprenaient comment ? demanda Riel.

Les uns des autres. Le savoir se transmettait de génération en génération.

Riel saisit le bras de sa mère et la regarda bien en face. Irene baissa les yeux et lui sourit. Il leur arrivait de se perdre dans cette contemplation mutuelle. Riel portait une parka bleue imprimée de flocons de neige. Sa chevelure brune était coupée court. Elle avait voulu ressembler à Florian, mais elle avait les cheveux si fins qu'ils se dressaient comme de la soie électrisée lorsqu'elle retirait son bonnet. À partir de maintenant, elle avait décidé de les laisser pousser pour se faire des tresses.

Tu saurais me sauver si je tombais dans l'eau ? demanda-t-elle.

Je saurais sauver n'importe qui, affirma Irene. Je me jetterais à plat ventre sur la glace et je t'attraperais par les mains. Ou bien je plongerais en dessous pour te tirer de là.

Tu pourrais m'apprendre, pour la glace ?

Si tu sens qu'elle cède, bats en retraite ! Repars par là où tu es venue. Si tu tombes à l'eau, lève les bras, prends appui sur la glace, et puis essaie de remonter en agitant les jambes.

Elles croisèrent les bras, en se tenant par les mains, et glissèrent à pas lents, de concert. Irene demanda à Riel ce qu'elle faisait à l'école.

On écrit des histoires.

Est-ce que quelqu'un passera au travers de la glace dans ton histoire ?

Je n'écris que des histoires vraies. Je m'en tiens strictement à la façon dont les choses arrivent. Si j'imagine un truc bizarre, je l'écris dans Pensées Irréelles.

Comme quoi ?

Comme, là-bas, vivre sur l'île en vraie Indienne avec les chiens, survivre après une attaque terroriste.

Elles s'arrêtèrent et demeurèrent toutes deux à regarder l'île sauvage couverte d'arbres, au milieu du lac.

N'oublie pas d'apporter des allumettes, dit Irene, pour allumer un feu.

Les Indiens d'autrefois savaient allumer un feu avec leurs mains nues, je suppose.

Les *gete-Anishinaabeg*, c'est ainsi qu'on les appelle. Non, ils se servaient de deux petits bâtons, ou d'un silex, ou d'un percuteur ; ils avaient toutes sortes de techniques. Mais avec une allumette, ça marche mieux. Si tu veux qu'elles résistent à l'eau, tu les plonges dans la cire.

On pourra plonger des allumettes dans la cire ?

Irene répondit que oui. Riel poussa un soupir de joie. Ses incisives étaient toutes neuves, énormes, des dents de lapin. Irene lui sourit et dit : j'adore tes dents.

Riel leva les yeux vers sa mère et à cet instant grava son visage dans sa mémoire : cheveux comme des baguettes de tambour, raides et ternes, œil brillant, sourire blanc, bonnet de laine noir, longs sourcils tragiques s'incurvant au-delà de ses yeux vers les tempes.

Et si on allait pêcher cet été, proposa Riel. Ou sous la glace. On peut percer un trou. Elle montra du doigt deux pêcheurs sur glace, à genoux au-dessus de leur ligne. À cette distance, sur fond de neige blanche, ils avaient l'air de deux personnes en prière, ramassées sur elles-mêmes. Tu les vois ? demanda-t-elle. Je pourrais faire cuire les poissons et partager avec les chiens.

Je crois qu'il vaudrait mieux que tu choisisses l'été pour vivre là-bas. Il y a plus de chance d'attraper du poisson, et puis, c'est trop facile pour les gens de passer à pied sur la glace pour rejoindre l'île, en ce moment. Tu voudrais t'isoler. Tu voudrais être vraiment seule.

Riel hocha la tête. J'aimerais bien pouvoir t'emmener.

Et pourquoi je ne peux pas venir ?

Tu dois t'occuper de Stoney.

Quand Riel prononça ces mots, le cœur d'Irene se serra. Sa mère s'était montrée distante, froide parfois, mais elle n'avait jamais eu à la partager.

Stoney appela à l'aide. Fatigué, il s'assit sur la chaise et Irene fit des allées et venues en le poussant sur la glace. Riel partit de son côté travailler ses pirouettes. Les lumières de la ville se reflétaient sur le ciel bas, et les nuages soyeux brillaient, enflammés d'orange foncé. Enfant, Irene avait patiné tout l'hiver, à l'époque la saison de patinage semblait toujours beaucoup plus longue. Elle gardait tous ses patins bien affûtés, et guettait les bons jours, lorsque la glace n'était pas trop molle et le vent pas trop âpre. Elle réfléchissait toujours en patinant – le mouvement doux et répétitif la rendait pensive. Stoney était content sur sa chaise. Riel continuait à travailler ses virevoltes. Les pensées d'Irene se tournèrent vers la maison. Elle pensa à Gil, et se demanda s'il était en train de lire son journal intime, et s'il croirait ou non qu'elle lui avait toujours été fidèle.

Il dégageait une odeur d'épice fraîche. Il était très fort, un peu comme elle, pas visiblement musclé, mais il était capable de la soulever dans ses bras. Il était plus grand qu'elle, bougeait avec une aisance tranquille, et il était gentil. Irene n'avait pas l'impression qu'ils faisaient quelque chose de mal. Ils faisaient ce qui était inévitable.

Après l'amour, ils avaient été éberlués par le bien-être qu'ils ressentaient dans la compagnie l'un de l'autre. Impossible de s'y soustraire. Il avait raté son avion. Il voulait continuer, revoir Irene. Mais elle comprit sur-le-champ qu'ils devraient retourner à leurs vies difficiles et feindre qu'il ne s'était rien passé.

Pendant des semaines, Irene avait vomi tous les matins quand elle se réveillait et se rendait compte qu'elle ne pouvait pas voir Germain. Il y avait des raisons. Elle était convaincue que ce genre de joie véritable était dangereuse et détruirait ses enfants. Si elle avait une liaison durable, elle comprenait aussi que jamais elle ne quitterait Gil. La culpabilité ferait office de colle.

Rares sont ceux qui, en pareil cas, parviennent à feindre qu'il ne s'est rien passé, mais dans ce domaine Irene avait une étonnante réserve d'autodiscipline. Elle emmura ce moment passé avec Germain. Elle n'allait jamais, ou pratiquement jamais, derrière ce mur. Parce qu'il y avait eu sacrifice et qu'elle n'avait jamais reparlé à Germain, pour elle ce qui s'était produit n'était pas une infidélité. C'était quand on recherchait activement le sexe avec quelqu'un d'autre et qu'on trompait son conjoint pendant un certain temps, non ? Irene ne supportait pas qu'un simple écart compte, elle avait donc tout bonnement écarté la vérité. L'histoire, c'est deux choses, après tout. Pour qu'elle ait un sens, l'histoire doit se composer à la fois de l'événement et du récit. Si elle ne racontait jamais rien, s'il ne racontait jamais rien, s'ils n'en parlaient jamais entre eux, il n'y avait pas de récit. Et l'acte, même s'il avait eu lieu, était ainsi dénué de sens. Il ne comptait pas pour une infidélité. Il ne comptait pas du tout.

As-tu une petite idée de ce que c'est ? Gil, à l'autre bout de la pièce, agita un bout de papier dans sa direction. À ton avis ?

Florian, la tête basse, était assis à la table de la salle à manger. Ses mains étaient réunies derrière son crâne et ses épaules tremblaient.

Stoney, dit Irene, monte dans ta chambre. Tout de suite. Riel était à son cours d'espagnol. Tant mieux.

Stoney fila comme un lapin. Il monta les marches en bondissant. Il savait quand prendre ses distances et où aller. Il se précipita dans sa chambre et s'enfouit sous ses peluches. Les chiens étaient près de Florian, les oreilles pointées, écoutant avec attention les tons des voix de leur famille.

Quoi que cela puisse être, dit Irene, ce n'est pas un drame.

Ah bon ? C'est un mot, Irene, un mot.

Très bien, dit Irene, en s'approchant de Florian. Fais voir.

Oh, pour ça tu vas le voir, oui, tu vas le voir !

Gil froissa le mot et l'écrasa, violemment, sur le crâne de Florian. Le front de celui-ci heurta la table dans un grand craquement.

Irene s'avança entre eux, et Gil recula.

Donne-moi ce mot, dit-elle à Gil. Florian, tu montes immédiatement.

Les chiens se tenaient prêts de part et d'autre de la table. Quand Florian bondit sur ses pieds, Gil la contourna d'un pas énergique, le poing levé, et d'une démarche chancelante un chien vint lui couper la route. Gil brandit une chaise devant l'animal et Florian s'élança, monta l'escalier.

Assieds-toi, dit Irene. Florian ayant quitté la pièce, elle pouvait travailler Gil au corps. Assieds-toi, Gil. Fais-moi voir ce mot. En tout cas, ce n'est pas un drame.

Gil s'assit à la table, puis s'avachit sur sa chaise, sa bouche s'ouvrit lentement. Il tendit le bras et le bout de papier se déplia lorsqu'il ouvrit la main. Irene prit le mot, le lissa, et lut que Florian n'avait pas remis à temps son compte rendu de lecture, et que chaque jour de retard supplémentaire lui vaudrait un point de moins.

Ce n'est pas si terrible, remarqua-t-elle.

Il n'y a pas que le compte rendu de lecture, dit Gil.

Les chiens avaient disparu.

Il y a aussi qu'il m'a baratiné.

Gil parlait d'une voix raisonnable. Sa colère l'avait brusquement quitté. Son visage était calme.

Hier, Florian m'a soutenu qu'il l'avait rendu. Il m'a menti en face. Il m'a raconté un mensonge éhonté. Est-ce vraiment là le genre d'enfant que nous voulons élever ?

Florian est un gentil garçon ; il est brillant – il est simplement absorbé par d'autres choses. Il a menti parce qu'il a peur de toi, Gil.

Tu n'étais pas présente. Gil se montrait sec et sévère. Tu n'as pas vu Florian te regarder dans les yeux et te raconter un énorme mensonge, Irene. Le livre était là, dans la pièce. J'ai demandé : Tu l'as lu ? Je l'ai montré du doigt. *Sa Majesté des mouches*. J'ai demandé : Ton compte rendu de lecture est prêt ? Oui, a répondu Florian, oui, papa, il est prêt.

Écoute, pas étonnant. *Sa Majesté des mouches* ! Je trouve…

Tu trouves. Ce n'est pas à toi qu'on a menti. Ne lui cherche pas d'excuses. Ne le laisse pas s'en tirer comme ça. Ne sois pas indulgente avec lui. Tu es trop complaisante. Tu as grandi au milieu du chaos. Tu t'en es sortie. Tout le monde n'a pas ta force, Irene. Nous ne pouvons pas laisser Florian penser qu'il est normal de mentir, non ?

Prenons une petite minute, proposa Irene. Elle posa la main sur l'épaule de Gil. Il s'affaissa un peu. Elle parla d'une voix égale. Gil, je crois que Florian s'est mis au travail. J'en suis certaine. Maintenant, viens, allons nous asseoir tous les deux à la cuisine et boire un verre de vin. Profitons de l'occasion pour bavarder. Je ne t'ai pas vu de la journée. À quoi as-tu travaillé ? Qui a appelé ?

Qui a appelé ? Oh, ça alors, tu ne le croiras jamais.

Je ne sais pas. Attends. Stasia ?

Oui, et elle a adoré le tableau.

Vraiment.

Adoré.

Raconte.

Irene remit Gil d'aplomb et parla calmement, en le regardant dans les yeux. Non. Reprends au début. Répète-moi tout ce qu'elle a dit, mot pour mot.

Le visage de Gil s'éclaira, et il parla.

Stasia a dit qu'elle l'a regardé et a senti les poils de sa nuque se hérisser. Électrifiée, voilà ce qu'elle était. Elle devait recevoir des visiteurs, mais elle a passé la journée à filer en douce dans l'arrière-salle de la galerie, son bureau. Il fallait qu'elle le regarde. Tu sais ce que c'est.

Bien sûr.

Ils entrèrent dans la cuisine, et Gil leur versa du vin. Irene but le sien comme de l'eau et Gil la resservit.

Et alors devine ce qui est arrivé ! Gil rit. Plus tard dans l'après-midi, elle a annulé, carrément annulé, un rendez-vous autour d'un verre avec un autre artiste. Pourquoi ? Parce qu'elle sait qui veut le tableau. J'ignore qui était l'autre peintre. Je n'ai pas réussi à lui tirer les vers du nez. Mais je pense que c'est bon signe.

Oui.

Vraiment bon signe.

Il n'a pas eu le temps de lire mon journal, songea Irene. Il ne doit pas encore l'avoir lu sinon il aurait certainement tâché de ne pas se mettre en colère, non ? La fidélité, ça l'aurait calmé. Ça l'aurait mis de bonne humeur, non ?

Je n'ai pas arrêté de travailler, dit Gil. Je n'en peux plus.

Qu'est-ce qu'il y a aux nouvelles ?

Je vais voir. Allons nous asseoir. Attends. J'allume le four. J'y ai mis le dîner.

Oh, parfait, dit Irene. Elle finit son vin et se resservit. Elle remplit un autre verre de glaçons. Je te rejoins dans une minute. Je monte voir les enfants.

Florian était couché à plat ventre, son oreiller plaqué sur la tête. Irene posa son verre et le verre plein de glaçons sur la table de nuit, puis s'assit à côté de son fils. Son couvre-lit était bordé de motifs géométriques. Au centre, le tissu représentait un paysage fourmillant de bisons et d'aigles. Elle effleura l'épaule de Florian, qui se retourna et se débarrassa de l'oreiller. Il avait les yeux de ses ancêtres. Une ecchymose gonflait sur son front.

Irene essaya de lui caresser les cheveux, mais il s'écarta d'un geste brusque.

Je suis désolée. Elle resta là, et il finit par se laisser toucher. Cela peut paraître bizarre, dit-elle, mais j'ai mon portable sur moi. Je vais prendre une photo de ton visage, mon chéri, je suis désolée, mais il le faut.

Pourquoi ?

Parce qu'il est important que je puisse montrer ça à quelqu'un d'autre.

Irene tint son téléphone à bout de bras et prit trois photos de Florian qui, d'une main, écartait ses cheveux. Un chagrin las marquait ses traits.

Tu peux les montrer à un juge ? Ça vaudrait la peine si tu pouvais les montrer à un juge.

Je vais commencer par un conseiller, répondit Irene, je vais tâcher d'améliorer ton père.

Tu as déjà essayé. Qu'il aille se faire voir.

Stoney se tenait sur le pas de la porte, son lion dans les bras, et aussi un ours, un orignal et un poussin orange.

Florian le regarda et lança : C'est Quark Charme, le gardien de zoo. T'en fais pas, Stoney. Ça va.

Pourquoi tu l'as pris en photo ? demanda Stoney.

Parce que je vous prends tous en photo, dit Irene. Elle éleva son téléphone portable. Stoney s'en alla quand elle eut pris sa photo. Il lâcherait ses animaux en peluche dès que le calme serait revenu. Il avait des paniers de cubes de tailles différentes avec lesquels il aimait bien construire des trucs. Villes et fermes s'étalaient sur son plancher, peuplées de gens et d'animaux qu'il fabriquait avec de l'argile, ou bien il se servait simplement de cailloux et de pommes de pin représentant des choses qu'il était le seul à connaître. Irene enveloppa les glaçons dans un vieux tee-shirt et maintint la glace sur le front de Florian.

Je crois que tu aurais intérêt à rédiger ton compte rendu de lecture.

Le visage de Florian perdit toute expression, puis devint indifférent. Il repoussa brutalement les glaçons, ferma les poings et les plaqua sur ses tempes.

Vas-tu rédiger ton compte rendu de lecture ?

Florian hocha la tête et murmura : Va-t'en.

Les chiens avaient suivi Irene en haut de l'escalier et attendaient tranquillement, assis devant la porte ouverte. L'un des deux se leva en même temps qu'elle. Elle désigna Florian, et l'autre chien entra dans la chambre et posa sa tête sur le lit. L'élégant panache de sa queue balaya l'air quand Florian avança la main vers lui. Irene descendit au rez-de-chaussée, le premier chien sur ses talons. Elle entendait Gil parler au téléphone, rire. Elle entra dans la cuisine et mit ses mains sous le jet puissant et chaud du robinet de l'évier. Elle voulait arrêter leur tremblement. Finalement, elle ferma le robinet, se sécha, et passa dans le salon de télévision. Elle tendit le bras, prit le téléphone des mains de Gil, et parla dans le combiné.

Dites, est-ce que Gil peut vous rappeler ? Nous avons un petit problème à régler.

Elle coupa la communication et rendit le combiné à Gil.

Tu te fous de moi ?

Le sang assombrit le visage de Gil.

Irene éteignit la télévision, puis ferma la porte.

Tu dois retourner voir un psychothérapeute.

Gil éclata de rire. En secouant la tête, il lança son étrange *ha ha ha* grimpant dans les aigus, son rire de quand on le mettait en colère et qu'il allait se venger. C'était son meilleur rire pour dire gare à toi.

Je suis déjà passé par là, Irene. Tu te souviens ?

Oui, c'est vrai, mais tu as arrêté au bout de quatre mois.

Le psy a déclaré que j'allais bien. Tu te souviens ? C'était toi, la personne qui avait besoin d'aide, et c'est toujours toi.

Tu as fait mal à Florian.

Gil se tut. Il se détourna et se mordit le poing. Quand il tourna à nouveau son regard vers Irene, il avait les yeux pleins de larmes.

Tu as raison. Oh là là. Ma chérie, je vais monter m'excuser. Je me suis vraiment laissé emporter. Ce n'était pas dans mon intention, tu le sais bien, je me mettrais en quatre pour Florian.

Gil se leva.

Non, dit Irene. Elle alla se poster devant la porte. Non, vas-y, mais pas tout de suite.

Quoi, tu prétends que je ne peux pas m'excuser auprès de mon propre fils ? La voix de Gil vibrait sur un ton plus doux.

Écoute-moi, Gil. Si tu ne vas pas voir un psychothérapeute, je te quitte.

Gil ouvrit la bouche, la referma, et se rassit brutalement. Il devint blême, puis un afflux de sang envahit ses joues, d'un rouge cru, comme si on l'avait giflé.

Non, tu as dit que tu ne le ferais pas. Tu as promis de rester avec moi. C'était une promesse.

Alors tu dois aller chez un psy.

D'accord. Gil attrapa un bout de papier qu'il tortilla dans ses doigts, en la regardant. Je suppose que je n'ai pas le choix, finit-il par reconnaître, en fixant Irene d'un regard dur. C'est loin d'être un pronostic de réussite. J'irai si nous y allons tous les deux.

Il y a une autre solution.

Gil secoua la tête.

Tu peux me laisser partir. Me laisser emmener les enfants.

Non, dit Gil. Il se mit à secouer la tête d'avant en arrière, en rythme. Non, désolé.

Ses yeux la fixèrent avec compassion.

Non, impossible. Cette idée ne me plaît pas. Je suis navré. Si tu essaies de me quitter, alors les enfants resteront avec moi. Nous en avons déjà discuté, toi et moi. Nous ne sommes pas en terrain inconnu, Irene. Je prendrai les enfants, et tu sais que je peux le faire. J'ai noté tes problèmes au jour le jour, Irene. Crois-tu qu'un juge confiera les enfants à une femme dépressive et dysfonctionnelle qui boit trop et n'est pas en mesure de subvenir à leurs besoins ? Tu n'es pas capable de travailler. Tu n'es pas capable de passer ton diplôme. Tu te bats avec ce truc sur lequel tu bosses en ce moment. Tu as combien de pages ? Six ? J'aurai la garde physique exclusive des enfants. Ils seront avec moi, Irene. Il parlait d'un ton catégorique, teinté d'une gentillesse morne et glaçante. Tu sais à quel point je les aime.

En sortant de la pièce Irene aperçut Riel, figée derrière l'escalier. Pendant qu'ils discutaient, elle s'était glissée dans la maison et avait ôté ses bottes. Gil était passé devant elle en allant ouvrir une autre bouteille de vin. Irene écarquilla les yeux, se retourna aussitôt et referma la porte.

Elle prit Riel par la main et la conduisit en haut de l'escalier. Les voix assourdies des présentateurs du journal télévisé s'élevèrent derrière elles.

Depuis combien de temps te cachais-tu ? Qu'as-tu entendu ?

Riel mit sa main sur sa bouche.

La partie la plus radicale du plan de Riel était la suivante : elle attaquerait son père physiquement. La prochaine fois que son père frapperait, Riel riposterait. Elle mordrait, donnerait des coups de pied, grifferait comme un chat sauvage. Un couguar. Un truc qui n'avait pas peur. Elle serait ce qu'elle était – une Indienne, oui, mais une vraie. Stoïque, animée d'instincts de meurtre. Elle se forcerait à encaisser tous les coups. Elle se ficherait des conséquences. Par-dessus tout, il serait obligé de respecter sa folie.

Gil se mit à genoux devant Irene, le lendemain, et dit : Tu as raison. Tu as tout à fait raison. Je ne tourne pas très rond et je suis décidé à affronter le problème. Nous irons voir un thérapeute, tout ce que tu voudras. Je vais passer davantage de temps auprès de Florian, auprès des autres. Je suis affreusement, mais affreusement désolé. Pourtant ne vaut-il pas mieux avoir un père imparfait et spontané ? Un père qui explose, plutôt qu'un père détraqué incapable de s'exprimer ? Ou pas de père du tout ? Irene, pas de père du tout serait le pire, comme nous le savons. Irene, il vaut mieux avoir un salopard à ses heures, dans mon genre, qu'une absence de père. Ma chérie, ne me laisse pas tomber. Ma chérie, je peux devenir celui que tu veux. Je peux être le père que tes enfants méritent. Je vous ai tous déçus, chacun à sa façon, et je vais tâcher de me faire pardonner, par chacun de vous, de sorte que chacun de vous soit convaincu que je l'aime très fort. Parce que je t'aime vraiment, Irene, et j'aime les enfants. Chaque os de mon corps et chaque atome de mon cœur vous aime. Tiens, dit-il, regarde, et il ouvrit un catalogue d'instruments de musique. Nous devrions tous avoir un instrument de musique, peut-être cette guitare acoustique pour toi, regarde, elle a la couleur de la cannelle, et une guitare électrique pour Florian, un piano serait surprenant, des cours, ou une flûte traversière. Tu ne verrais pas Stoney jouer de la flûte traversière ? Il ressemblerait à un petit joueur de pipeau, à un demi-dieu grec, à une créature sylvestre. Et Riel, là ce n'est pas facile, mais Riel, je pense, jouerait d'un instrument de la famille des bois, ou, vu son sens de l'humour, de l'accordéon. Il feuilleta un catalogue et désigna un accordéon blanc nacré aux ravissants boutons noirs.

Dans le cadre de ses nouveaux efforts d'observation, Riel remarquait quantité de choses. Par exemple, elle avait remarqué que les chiens se comportaient comme si leurs maîtres humains partaient en voyage. Les chiens détestaient voir apparaître les valises. Mais il n'y avait pas de valises. Les chiens réagissaient simplement comme s'il y avait des valises. Ils étaient nerveux et aux aguets, ces jours-ci. Il y avait dans l'air quelque chose qui les mettait mal à l'aise. Grâce à ses sens fraîchement affinés, Riel le sentait aussi. C'était quelque chose de particulier à quoi elle ne tenait pas à donner un nom, même si d'habitude elle était capable de donner un nom à tout.

Un de ses cahiers était maintenant rempli de souvenirs. L'autre cahier rassemblait d'éventuels scénarios d'avenir. Elle pouvait citer mille scénarios effroyables parce qu'elle en avait dressé une liste, ainsi que des façons dont un Indien survivrait. En premier lieu, pour être préparé il ne fallait pas prendre l'avenir à la légère. À force d'y réfléchir, Riel fut de plus en plus convaincue de savoir comment sa famille réagirait.

Tout d'abord, elle était convaincue qu'au moment de la catastrophe, ce serait elle qu'on oublierait.

S'il y avait un brusque mouvement de panique, une bombe lancée sur Minneapolis, un astéroïde prenant pour cible le Walker Center, une pandémie à cent pour cent mortelle, un avion désintégrant l'IDS Tower, un soulèvement de vampires, si des tueurs d'Indiens, des néo-nazis ou un hiver nucléaire prenaient le contrôle du gouvernement des États-Unis, si un de ces trucs-là arrivait et que la famille devait fuir, on l'oublierait.

On l'oublierait parce qu'elle était la silencieuse. D'autant plus silencieuse, à présent ! Elle se fondait dans son décor. Prenait la forme de ce qui l'entourait. S'assurait qu'elle ne comptait pas, et ne se faisait pas remarquer à la table du dîner ni quand ils regardaient la télévision tous ensemble. Naturellement, elle cataloguait tout et observait le monde d'un œil lucide. Et bien que silencieuse, elle n'était pas une souris, ou alors une souris courageuse. Elle ne se déplaçait jamais à pas furtifs et ne se cachait jamais. Elle marchait en se tenant droite, pieds nus, avec un art indien du silence. Elle connaissait chaque craquement de l'élégante vieille maison. Elle pouvait s'élancer sans bruit n'importe où. Elle avait sorti un flacon de WD-40 et graissé les charnières des portes qu'utilisaient les enfants, mais laissé grincer celles de l'atelier de son père, de la chambre et de la salle de bains de ses parents. Pourtant quand son père se mettait en colère, elle n'en profitait pas toujours pour disparaître. Elle tâchait de se forcer à respirer. Elle tâchait de se forcer à réfléchir. Parfois, comme les chiens, elle choisissait d'aller au-devant de sa colère.

Elle s'était comportée, selon ses compilations de souvenirs, avec courage la moitié du temps. Avec lâcheté l'autre moitié. Elle préparait son attaque surprise en lisant le livre qu'elle avait sorti en douce du bureau de sa mère. Elle était toujours plongée dans les lettres de Catlin, la partie sur l'initiation sanglante des guerriers mandans, surtout, qu'elle relisait sans cesse. Elle n'avait pas encore eu le courage de se percer la peau, mais elle s'endurcissait aux coups. Le soir, elle se frappait à l'aide d'une règle. Elle se donnait des gifles. Elle prenait des positions douloureuses, retenait sa respiration sous l'eau, dans la baignoire, se tirait les cheveux et se faisait des bleus aux jambes. Elle serait préparée.

Pourtant on l'oublierait, elle en était convaincue.

Stoney aurait peur, sa mère l'embarquerait donc en premier. Florian serait conduit tambour battant à la voiture, et son père lui hurlerait de se tenir droit. Ces deux-là, ils les remarquaient. Et ce serait dramatique quand ils partiraient sans elle – dramatique pour eux. Pour plusieurs raisons. Elle ne savait pas dresser des chevaux, comme les Mandans, mais possédait le cœur des chiens, et forcément ils resteraient avec elle. Et puis, dans la famille elle était la seule à se former aux techniques de survie. Sans elle, ils mourraient.

Riel avait préparé un sac de secours qu'elle avait planqué sous son lit. C'était un vieux sac à dos Barbie rose, muni sur le côté d'un filet pour la gourde. La gourde restait toujours pleine. À l'intérieur du sac, elle avait des allumettes enduites de cire, un plein sachet en plastique. Elle avait une lampe torche, des piles de rechange, un briquet oublié chez eux après une soirée, deux feutres à encre indélébile et un bloc-notes. Elle avait lu des trucs sur le pemmican, et décidé que le meilleur produit de substitution serait les barres au muesli. Elle en avait caché entre six et douze (il lui arrivait d'en manger une le soir et d'oublier de la remplacer pendant quelques jours). Elle avait des croquettes pour chiens. Du chatterton. De la Super Glue. De l'argent. Les Indiens n'auraient eu besoin ni de Super Glue ni d'argent, mais, se dit-elle, elle était une Indienne moderne. Un mélange d'ancien et de nouveau. Elle avait aussi sorti du vieil équipement de camping de sa mère un flacon de comprimés servant à purifier l'eau, et une couverture de survie. Son plan, quand on l'oublierait, consistait (si c'était en été) à prendre un bodyboard dans le placard du couloir du fond, y attacher son sac Barbie, nager jusqu'au milieu du lac avec ses chiens et monter un campement sur une des îles. Ils resteraient là, exactement comme elle l'avait dit à sa mère, et vivraient de poisson et de barres de muesli jusqu'à la fin de l'état d'urgence.

Oui, c'était elle qui connaissait des techniques de survie. Elle avait étudié à fond comment appâter un hameçon et avait déjà pêché. Elle savait à présent comment allumer un feu, même sous la pluie, et comment construire un abri de broussailles. Elle s'était mise à regarder *Le Survivant* – ce qu'il y avait à la télé de plus comparable à un Indien d'autrefois. Elle mangerait des insectes et des écureuils tout juste morts, ou ce qu'elle trouverait. Elle avait observé les oies autour du lac et était tout à fait sûre de réussir à en attraper une. Elle savait même quelles plantes, bien qu'amères, étaient comestibles. Sa famille, pendant ce temps-là, avait oublié son héritage. Oui, ils regretteraient de ne pas l'avoir emmenée. Et elle, elle regretterait l'horreur qu'ils vivraient quand ils seraient coincés dans un Rubik's Cube géant composé de voitures cherchant à quitter la ville.

Soudain, l'un d'eux prononce son nom. Sa mère hurle, tente de bondir hors de la voiture pour revenir la chercher. Son père dit : Non, tu vas mourir aussi. Mieux vaut rester vivants pour protéger les enfants qu'il nous reste. Stoney fond en larmes. Mais Florian regarde par la vitre et sourit, il sait que Riel est mieux lotie qu'eux. Il se souvient que les chiens sont avec elle. Il ne dit rien. Le voyage en voiture va être très, très long, et ne mener probablement nulle part. Ses pensées lui permettront de ne pas perdre la tête alors que les autres retourneront à l'état animal. Florian reviendra dans quelques années porteur d'une histoire révoltante où se mêleront trahison, un accident, du cannibalisme. Un sentiment de culpabilité chez la mère de Riel, parce qu'elle aura dévoré son mari et donné sans le dire des parties de son corps à manger à ses enfants. Elle aurait peut-être trop honte pour sortir de sa cachette. Florian, Riel et les chiens garderont la maison et repousseront les intrus jusqu'à ce que sa mère triomphe de sa honte et rentre chez elle.

Ramènera-t-elle Stoney ? C'est un sujet qui demande réflexion. Si Stoney a cessé de parler, c'est peut-être parce qu'il aura reconnu, dans l'anneau passé à un doigt de la main qu'il mangeait, l'alliance de son père. Mais non, voyons, sa mère aurait camouflé la viande dans un ragoût garni de légumes volés. Bien qu'elle ne puisse pas le leur avouer, leur mère s'est toujours, secrètement, rangée de leur côté.

Si elle n'était pas si connement cachottière, jamais je n'aurais commencé, se dit Gil, en entrant dans le bureau d'Irene. Compulsion maladive, et maintenant le psy. Il avait accepté. Contraint et forcé ! Mais il ne redoutait pas de voir le thérapeute ; en fait, cette idée lui donnait de l'espoir. Celui-ci verrait forcément les choses comme lui, et avec cette personne à ses côtés, luttant pour sa famille, Irene se laisserait petit à petit convaincre qu'il avait droit à un nouvel essai. Un vrai. Sans amant dans les coulisses.

Il y avait longtemps qu'il ne s'était pas mis en colère, mais quand il s'était excusé, Florian ne lui avait pas seulement pardonné, il l'avait averti qu'Irene avait pris en photo la bosse qu'il avait au front. Gil avait serré Florian dans ses bras et lui avait dit et répété cent fois qu'il était un fils merveilleux ; maintenant ils s'étaient rapprochés l'un de l'autre. Et Irene, eh bien, il s'était levé tôt tous les matins pour préparer un petit-déjeuner raffiné aux enfants – du pain perdu fourré à la crème fraîche, des omelettes, des nectars de fruits – et puis elle continuait à réfléchir à la question des instruments de musique. Il pourrait parler de la photo avec elle une autre fois. Ou simplement l'effacer de son téléphone.

Il ouvrit le journal d'Irene et rattrapa son retard sur les menus événements de leurs journées, qu'il appréciait beaucoup, mais dut lire les mots *Je suis fidèle à Gil pour des raisons évidentes* trois fois avant qu'ils rentrent. Elle n'a pas trahi ma confiance. Elle est à moi.

On aurait dit que le sol avait cessé de trembler.

Il était assis là, ébahi. Au bout d'un moment, il s'aperçut que des larmes roulaient sur son visage, dégoulinaient sur son col. Il rit, et du creux de son poignet s'essuya les joues. Des larmes continuaient à lui monter aux yeux. Il rit encore et secoua la tête. Il s'était replié sur lui-même, était devenu soupçonneux, l'avait épiée. Elle ne se doutait de rien – il vérifiait deux fois chaque débit de carte bancaire, chaque facture de téléphone. Il lui arrivait, même quand les enfants étaient dans la voiture, de se débrouiller pour faire le tour du lac, histoire de s'assurer qu'elle se promenait vraiment.

C'est maman ! criait l'un d'eux, le doigt tendu.

On va tourner là, répondait-il, pour la laisser tranquille !

Il avait convaincu leurs amis de l'interroger, de façon discrète, en glissant des allusions à leurs propres infidélités. Et tout du long, elle avait été fidèle, pour des raisons évidentes. Il se détendit, porta ses doigts à ses lèvres.

Des raisons évidentes. Mais lesquelles ?

Ce soir-là, il sortit se promener avec Irene. Il tenta de lui prendre la main, mais elle le repoussa. Elle avait les chiens attachés à la taille grâce à une laisse mains-libres.

Elle portait des chaussures à semelles lisses. Les chiens s'élancèrent, la tirant le long des rues gelées, bordées d'habitations. Ils prirent de la vitesse et firent des bonds de loups. Irene était vêtue d'un fin manteau noir. Elle avait les bras en l'air comme une danseuse. Elle entrait et sortait du clair-obscur des réverbères en d'étranges glissades. Gil retint sa respiration et la regarda voler bizarrement dans la nuit. Il avait dans l'idée qu'elle allait disparaître. Il allait se passer quelque chose. Elle serait entraînée dans le noir de plus en plus vite et il ne la reverrait jamais.

Puis un chien s'énerva et sauta par-dessus l'autre. Leurs laisses s'emmêlèrent et ils tombèrent tous les trois dans la neige. Gil se précipita pour aider Irene, mais son inquiétude persista. Ce qu'il avait vu ressemblait à un trucage ou à une scène sortie d'un rêve. Elle avait une telle confiance en son corps. Elle faisait ce genre de trucs fous. Elle avait volé tellement vite. Il espérait qu'elle ne retente pas l'expérience.

Je devrais aller à Washington, lança Irene, qui rit, tout en se relevant et en s'époussetant. Elle remit les chiens devant elle et ils repartirent, cette fois-ci en marchant ensemble.

Washington. Malgré le journal intime, les pensées de Gil dévièrent aussitôt avec méfiance vers Germain, que son travail amenait souvent là-bas. Irene détestait voyager. Il lui prit la main. Elle se dégagea.

Je devrais aller voir quelques Catlin.

La jalousie monta en Gil, telle la flamme d'une allumette. Je ne pige pas comment tu peux encore regarder ces tableaux. Ils se ressemblent tous. Pourquoi devrais-tu y aller ? Il s'efforça d'éteindre sa petite flamme, en défiant Irene.

Je ne pense pas que c'était un grand peintre, assura-t-elle. Pas comme toi.

Elle le dit méchamment, toujours pour le punir.

C'est vraiment ce que tu penses de moi, remarqua-t-il, d'un ton triste. Catlin est tombé au bon moment, Irene. Cette année-là ses modèles étaient vivants, l'année d'après ils étaient morts. Cela peut arriver à n'importe quel artiste, et son art se met à compter quel que soit son talent. Je ne suis peut-être que de la merde, Irene, peut-être que tout cela n'est rien du tout. Comment savoir si on est réellement bon dans sa partie ou si on est simplement tombé au bon moment ? La voix de Gil vibrait de compassion pour sa propre personne. Au bout d'un moment il répondit lui-même à ses questions, d'un ton hésitant. Je ne suis pas tombé à un bon moment, je ne crois pas. En fait, l'époque joue contre moi. Les Indiens ont cessé une fois de plus d'être à la mode.

Même dans la bouche d'un narcissique, ça se pose là, dit Irene. Tu devrais peindre des Blancs. Elle le prit par la main, qu'elle fit aller d'avant en arrière dans un geste de petite fille, et accéléra le pas. Les données démographiques changent ! Ce sont eux qui disparaissent. Tu devrais décrire leur chevauchée vers le soleil couchant.

Gil décida de se sentir pardonné plutôt qu'insulté. Elle garda sa main dans la sienne alors qu'ils traversaient la flaque de lumière d'un réverbère. Ils continuèrent à marcher très longtemps sans qu'elle le lâche, et du coup Gil reprit courage. Son agitation et même son sentiment d'humiliation se dissipèrent, et il fut soudain tout joyeux. Il lui vint à l'idée qu'il pourrait être plein d'espoir, pourquoi pas ? Elle n'était pas tombée amoureuse de la peau brune et du numéro d'enregistrement tribal de Germain. Ni de son intelligence ou de sa gentillesse. Un brouillard de neige flottait dans l'air, et Gil fut enchanté de la façon dont il se déplaçait et déformait les lumières qui ruisselaient tout autour d'eux, en rebondissant sur les rues joliment enneigées, les fenêtres obscures, les clôtures en fer lisses et les cimes déchiquetées des arbres.

Demain, je vais voir le professeur de Florian, annonça Irene. Son professeur d'anglais.

Cet imbécile ! lança Gil, heureux. Un sacré prof. Même pas foutu de reconnaître un bon devoir. Je me moque de ce qu'il raconte. Florian est un élève brillant. Ce type est un crétin jaloux !

Irene s'assit à un des pupitres de la salle de classe et ôta son écharpe.

Tout va bien à la maison ? demanda M. Belin. Les élèves surnommaient le professeur d'anglais Cracker Belin, ou Cracker tout court. Florian ne l'appelait que Cracker, et pour Irene il était aussi Cracker. Un homme jeune, mais sec et cassant.

Je suppose, répondit Irene. Oui, je suppose. Pourquoi ? Écoutez, je suis ici pour parler du devoir de Florian. Mais pourquoi ?

Florian semble plutôt, comment dire – coupé des autres, à l'écart ?

À l'écart ? Florian ne cesse d'aller et venir à cause de

ses cours de maths à l'université. Alors je suppose que oui, reconnut Irene, c'est un peu compliqué pour se faire des amis.

Permettez-moi d'être franc. Puis-je être franc ?

Irene parla en même temps que lui. *Sa Majesté des mouches*. Quel livre sinistre, et Florian qui voit déjà tout en noir, raison pour laquelle je me demandais s'il serait possible qu'il rattrape ce compte rendu par une autre lecture. Mais pas *Une paix séparée* ni *L'Attrape-cœurs* ni rien qui finisse par, vous voyez… Parce que pour vous avouer la vérité, cela ne va pas trop bien à la maison.

Alors je vais être franc et vous dire que votre venue tombe à pic, parce que Florian est arrivé en classe avec une bosse au front et quand je lui ai posé la question il a parlé de son père. À présent, mon rôle d'éducateur m'oblige à le signaler. J'ai une admiration sans bornes pour Florian. Nous pensons qu'il a sur les choses un point de vue unique et très sensible qui a besoin d'être nourri.

Nous ?

Ses autres professeurs et moi-même. Vous et moi en avons déjà discuté. Je le sais. Cela ne devrait pas vous étonner. Florian a les capacités d'accomplir un travail hors du commun, un jour ou l'autre, et à l'heure qu'il est il devrait aller voir les universités de premier ordre, il devrait suivre des cours, disons, au MIT[1], et vous, en tant que mère, devriez faire en sorte que sa vie bénéficie de toute la richesse et du soutien possible. Vous êtes, bien entendu,

1. Massachusetts Institute of Technology, célèbre université américaine spécialisée dans les domaines de la science et de la technologie. (*NdT.*)

celle qui doit lui offrir la stabilité dont il a besoin pour s'épanouir.

Oui, dit Irene.

Un silence gêné. Cracker, mince et sérieux, s'agitait sur sa chaise.

Je présume qu'il n'est pas facile de vivre sous le même toit que deux génies.

Florian est un génie, dit Irene. Mon mari est un très bon peintre.

Cracker baissa les yeux sur ses papiers. Puisque nous en avons parlé, reprit-il, il n'est pas nécessaire que je signale l'incident, pas nécessaire que cette affaire aille plus loin, pourvu que je sache que désormais vous protégerez votre fils.

C'est ce que je vais faire, promit Irene. Elle étala son écharpe entre eux sur le pupitre. Mais au cas où – et j'y réfléchis, cependant je vous prie de le garder pour vous –, s'il faut que je quitte Gil et si c'est un argument en ma faveur pour que j'obtienne la garde des enfants, je dois vous demander si vous témoignerez que vous n'avez pas remarqué cette bosse.

Mais non, mais non, pourtant on me demandera pourquoi je n'ai rien signalé sur le moment. Donc vous voyez, vous devez agir. Moi, je ne peux rien de plus pour vous.

Je vois. Eh bien vous avez été, je n'irais pas jusqu'à dire d'un grand secours. Mais vos intentions sont bonnes à l'égard de Florian.

Oui. Vous pouvez compter là-dessus.

Alors auriez-vous la gentillesse de lui donner en devoir quelque chose de gai ?

Les jeunes n'aiment pas les histoires gaies. Ils aiment les histoires tragiques et violentes. Vous le savez bien.

J'imagine que vous avez raison, reconnut Irene. J'imagine qu'ils veulent être rassurés. Elle parlait presque pour elle. Ils veulent observer la tragédie et la violence de l'extérieur, d'assez loin pour que ce soit sans risque, non ? Ne veulent-ils pas savoir que ces choses-là – guerres, massacres, se retrouver orphelins, être abandonnés – ces choses-là ne leur arriveront pas ? Qu'on ne les laissera pas se débrouiller tout seuls ? Qu'ils ne souffriront pas ?

Tout le monde souffre.

Cela ne devrait pas exister.

Je ferai tout mon possible pour lui, mais je ne peux pas faire votre boulot à votre place. Cracker tendit la main pour rendre son écharpe à Irene, mais elle la lui arracha des doigts.

Le soleil brilla, comme toujours après que Gil s'était mis en colère. Des jours durant, tout fut paisible et facile. Florian eut un C à son compte rendu de lecture, mais s'acquitta du travail supplémentaire, suite à l'entretien d'Irene avec Cracker, et réussit à faire remonter sa note et à décrocher un A-. Irene emmena les enfants au powwow d'hiver, auquel ils assistèrent en compagnie de May et de Bobbi, qui était très belle, une Mohawk aux cheveux blonds et aux lèvres minces, cruelles, sexy, et parfaitement dessinées. Le tambour jouait trop fort pour bavarder vraiment, elles parlèrent donc à tue-tête ou attendirent une pause entre les chants. Bobbi dit à Irene qu'elle ferait des costumes de danse à ses enfants.

C'est vrai ?

Malgré ses lèvres cruelles, Bobbi était quelqu'un de sympa. Elle avait l'air tout à fait sincère.

Irene la considéra avec stupéfaction. C'est beaucoup de travail, remarqua-t-elle, beaucoup trop de travail.

Elle ne plaisante pas, assura May. Elle va vraiment le faire.

Le plus jeune fils de Bobbi était sur la piste. Son costume noir et rouge était orné de minces rubans blancs qui flottaient et s'agitaient au rythme de ses pas. Une broderie compliquée et des motifs de perles s'étalaient sur la chemise. Il portait des plumes ondoyantes et bougeait avec assurance, un petit homme, ondulant comme de l'herbe imaginaire.

Florian dit : Pfffiou, ce qu'il est fort !

Ne l'oubliez pas, cria le présentateur quand le tambour se tut, ceci est votre terre, cctte terre est entièrement indienne !

Riel, tout excitée, prit la main d'Irene et serra sa mère dans ses bras. Maman, tu entends, cette terre est entièrement indienne !

*Gidebwe*, dit Irene.

Tu dois m'apprendre à parler indien.

D'accord.

Pas, d'accord. D'accord en indien.

*Geget igo* ! dit Irene en riant. Elle avait oublié presque tout l'ojibwé qu'on lui avait enseigné.

Riel était ravie. Elle répéta les expressions tout bas. Le visage tendu, elle guettait farouchement les danseurs qui tournoyaient et bondissaient.

Tu as la préférence, dit Bobbi, en lançant un baiser à Riel. Je commencerai par toi. C'est quoi, ton style ?

Riel regarda les danseuses passer à toute vitesse, les châles tourbillonnants, le tintement de sonar des pectoraux en os et des cônes métalliques. Les danseuses de la Jingle Dance levèrent leur éventail en plumes sur les quatre battements de tambour les plus sonores, et Riel souffla : *Celui-là.*

Ensuite les enfants furent survoltés dans la voiture d'Irene, comme les enfants des autres, heureux, effrontés et bavards, repus de barbe à papa et de battements de tambour.

Allez, on continue à rouler, dit Riel, quand ils furent arrivés près de la maison.

Alors ils tournèrent sans s'arrêter autour du lac, par un froid glacial. La neige avait gelé, suspendue dans l'air et étincelante. Le ciel était bleu sombre quand ils finirent pas franchir la porte en se bousculant. Gil annonça qu'il terminait un tableau et ne pouvait pas quitter son atelier. En fait, il donnait des coups de téléphone. Mettait la dernière main à ses plans pour la fête. Maintenant qu'il savait qu'Irene était à lui, qu'elle lui était fidèle, il voulait plus que jamais lui offrir une soirée parfaite, mémorable. Pourtant, il n'appela pas May pour annuler sa requête, lui dire qu'il était inutile qu'elle reste avec Irene ce jour-là. Il voulait quand même savoir – qu'y avait-il de mal à cela ? Il voulait savoir ce qu'elle faisait sans lui.

Germain ? C'est Gil.

Gil.

Je sais, je sais. Il y a un bout de temps. Dis, je voulais simplement t'inviter à l'anniversaire d'Irene, le

30 novembre. Au cas où, tu vois, Lissa et toi seriez dans le coin la semaine prochaine, pourquoi ne feriez-vous pas un saut à la maison ? C'est une soirée surprise.

Nous ne serons pas dans le coin.

Ah bon ? Je croyais que vous veniez ici assez souvent.

Non.

Bon, au cas où, l'invitation tient toujours.

Nous ne serons pas là.

Ça marche bien, à Portland, pour toi ?

Il y eut un silence pesant. Gil roula des yeux.

Je te laisse. C'était une idée comme ça, en passant.

Gil raccrocha. Puis décrocha à nouveau et raccrocha d'un geste brutal.

Putain, bravo le copain, s'écria-t-il. Mais tu n'as pas réussi, hein. Tu n'as pas vraiment réussi ! C'est retour à tes comités de fondations culturelles, connard.

Florian entra d'un pas traînant dans la cuisine, ouvrit le placard, le réfrigérateur, et se versa un verre de lait.

Comment ça s'est passé aujourd'hui ? demanda Gil. Il repoussa ses cheveux en arrière, rattacha le maigre catogan à la base de son cou. Ça s'est bien passé ?

D'une manière générale ?

Florian vida le premier verre de lait et s'en versa un autre.

Ne bois pas tout le lait maintenant, Florian. Laisses-en pour nous.

Maman en a acheté deux packs.

Gil, agacé, se tourna vers lui, mais fut pris au dépourvu par la beauté de son fils. Florian n'avait pas mis ses lunettes et ses yeux bruns, fendus, rehaussés par de courtes et parfaites pointes de cils bien raides, brûlaient d'un sombre éclat contre sa peau claire. Ses cheveux formaient un pic au-dessus de son front, au milieu, et jaillissaient en touffe vers l'avant. La façon dont tout en buvant Florian laissait aller ses hanches contre le plan de travail était spontanée, présexuelle. Il serait très beau. Au moment où il quittait la pièce, Gil cria : Je t'aime.

Il entendit les pas de Florian s'arrêter.

Celui-ci passait à ce moment-là devant le miroir ancien et ondoyant qui était accroché au-dessus du buffet, dans la salle à manger. Quand il était plus jeune, il évitait de regarder dans ce miroir parce qu'il troublait et déformait les images. C'était presque comme voir des gens bouger sous l'eau. Son père, qui l'avait suivi, s'arrêta derrière lui sur le pas de la porte. Dans le miroir, leurs regards se croisèrent, Florian eut alors l'impression qu'ils étaient tous les deux sous l'eau, et il suffoqua, ressentit un douloureux pincement au cœur.

Moi aussi, je t'aime, papa.

Gil effleura l'épaule de son fils, en passant. Il avait songé à peindre Florian buvant son verre de lait, debout contre la paillasse, une main sur le bois du plan de travail, le tee-shirt noir, le jean, pieds nus. Un jeune garçon buvant du lait. Par l'intermédiaire de cet acte, à la fois relié à sa mère et séparé d'elle. Gil pensa à Irene, au tableau auquel il travaillait, et monta les marches en se disant que s'il réussissait à le terminer avant son anniversaire, il pourrait le lui offrir. Elle n'avait pas d'*America*. Ils avaient toujours dû les vendre aussitôt. Il continuait à travailler à la toile où elle paraissait morte, et en terminait une ancienne commencée un an plus tôt.

Dans ce portrait, Irene s'était détournée ; elle était courbée sur quelque chose, qu'elle cachait. Elle regardait quelqu'un, juste en dehors du cadre. Elle avait une main entre les jambes. On aurait dit un chien, songea-t-il, défendant son petit os, son sexe. Comme s'il voulait le lui voler ! Ce petit moment avec Florian était oublié. Rien que d'entendre la voix de Germain l'avait mis en rogne. Mais, se souvint Gil, dont les pensées s'éclaircirent d'un coup, elle m'est fidèle. Il sourit et ouvrit les portes-fenêtres qui donnaient sur un petit balcon. Il sortit dans le vent glacial. Alors que l'air glacé transperçait sa chemise, il fut aussitôt saisi par une exaltation tumultueuse et sauvage.

Irene traversa le hall de l'hôtel. Le sol était pavé de dalles roses veinées de pêche et de rouille. Un élégant bois tropical garnissait portes et couloirs. Il y avait un arrangement floral de saule tortueux et de fleurs bronze aux langues d'un vert acide. Face à la porte métallique brillante, en attendant l'ascenseur elle vit une expression de détresse et de frustration se peindre sur son visage. C'était le même hôtel où, durant quelques heures, elle avait été heureuse avec Germain. Ils avaient à peine parlé. Les draps étaient lourds et elle avait eu conscience de leurs corps se mouvant vaguement dans un miroir doré et bombé. Irene entra dans l'ascenseur, appuya sur le bouton et ferma les yeux. Elle sortit au second et pénétra dans le restaurant, où elle devait retrouver May. Tout comme dans son souvenir, les serviettes étaient amidonnées, pliées en éventail. Quand ils y avaient déjeuné, Germain avait délicatement déplié la serviette et elle avait regardé ses mains lisser la toile épaisse. Son geste était machinal, mais ses mains avaient une vivacité tout à elles. Il avait passé ses doigts sur la nappe et pris le verre au creux de sa paume. Bien des fois, depuis, Irene avait repensé à ce qu'avaient fait ses mains pendant l'heure précédant le moment où il l'avait caressée.

Quand Irene arriva à la table, May se leva et la serra dans ses bras avec des gestes brouillons, tout en continuant de mastiquer. Elle mangeait le pain servi sur la petite assiette d'Irene.

Désolée, tu étais en retard.

Irene posa son téléphone portable sur la table. Elle répondrait si le numéro de l'école des enfants s'affichait. Elle respira si profondément qu'elle en eut le tournis.

Je vais lui dire, songea-t-elle. Je vais lui dire que je quitte Gil. Si je le dis à une seule personne, je peux le faire. Elle sera cette personne-là.

May.

Attends ! Du pain, s'il vous plaît ?

May se lança dans un grand numéro pour qu'on leur rapporte du pain. Maintenant qu'Irene était là, elle se sentait mal à l'aise, gênée. Elle n'avait pas été offusquée quand Gil l'avait appelée et priée de l'aider à organiser une fête en l'honneur d'Irene. Elle y avait vu un compliment, elle avait été touchée de participer à l'événement. Elle avait pourtant été étonnée que Gil lui demande de questionner Irene, puis de la suivre après leur déjeuner, et d'abord elle n'avait su que répondre. Ensuite elle avait vite compris que si elle n'offrait pas son aide à Gil pour cette partie de l'organisation, quelqu'un d'autre suivrait Irene toute la journée. Et allez connaître les raisons de Gil ! Elle avait donc accepté.

Tu ne dis rien, remarqua Irene. Ça va ?

J'ai faim, c'est tout.

Devrait-elle gâcher la surprise d'Irene en lui racontant que, lorsqu'elle rentrerait chez elle, Gil et leurs amis l'attendraient avec champagne, gâteau et cadeaux ? Des cadeaux superbement enveloppés ? Comme celui qui attendait dans le coffre de sa voiture ?

Alors, comment va ton fils ? Nous n'avons jamais parlé de lui. Irene commanda un thé.

Il s'en sort bien. Il est chez son père, cette semaine. Tu connais Ray DeChardin ? Il enseigne l'ingénierie à la fac. Il est marié, deux jeunes enfants. Mon gamin aime bien y aller ; il a sa chambre. La femme est, disons, sympa. Elle est Navajo, très calme, petite et jolie.

Je me souviens des nattes de Ray. Qui lui tombaient jusqu'à la taille.

Elles sont maigrelettes maintenant. Autrefois, elles étaient rondes et grasses. La graisse est descendue sur son ventre. Mais c'est un chic type. Il a toujours été plus sérieux, plus stable, qu'il n'y paraissait.

May s'informa du sujet de la thèse d'Irene. Irene se mit à parler de Catlin, raconta comment il avait blessé un bison puis l'avait dessiné et peint pendant qu'il mourait à petit feu. Il décrivait le processus dans une de ses lettres. Il harcelait le bison pour provoquer sa colère chaque fois qu'il tentait de se coucher pour mourir. L'animal s'étant cassé une patte, il ne pouvait pas charger.

Catlin était capable de se montrer cruel pour obtenir le tableau qu'il désirait, expliqua-t-elle, mais il adorait les Indiens. Nous l'avons brisé, nous avons brisé sa santé, nous lui avons brisé le cœur. Volé les plus grands conforts de sa vie. Tout cela parce qu'il trouvait notre monde irrésistible.

Irene savait qu'elle avait parlé sans arrêt parce qu'elle redoutait d'annoncer qu'elle quittait Gil.

May posa sa main sur celle d'Irene, là où elle était sur la table.

Hé, fit May, j'ai un truc à te demander.

Attends, moi, j'ai un truc à te dire.

C'est une histoire de surprise ?

Plus ou moins, reconnut Irene.

La main de May était posée sur la sienne, comme si elle l'avait oubliée là. Irene retourna sa main et leurs paumes entrèrent en contact. Celle de May était chaude et sèche. C'était une femme raisonnable, solide.

Irene lui saisit les doigts. Je suis tellement contente que tu deviennes ma sœur. La mienne, hein ? Le pouls d'Irene battait dans sa gorge. Si je te le dis, tu ne le raconteras pas à Gil ?

May ramena sa main sur ses genoux. Elle était sûre qu'Irene allait lui demander de garder le secret d'une aventure sentimentale. Pour quelle autre raison Gil lui aurait-il demandé de la suivre ? Elle n'avait pas envisagé de lui mentir. Elle était une piètre menteuse.

Tu devrais peut-être garder ça pour toi.

Elles se dévisagèrent ; le visage d'Irene s'embrasa et elle ne parvint pas à déglutir.

Elles ne se connaissaient pas encore assez bien pour décoller le texte du sous-texte. Elles commencèrent à manger, en piquant avec méfiance la nourriture du bout de leur fourchette. Et se mirent à parler de leurs enfants – un sujet neutre et prenant.

Gil demanda à tout le monde de stationner au bout de la rue, loin du côté de la maison et de l'allée par laquelle Irene arriverait avec les enfants après être passée les chercher à l'école. Il avait emmené les chiens au chenil pour qu'ils n'embêtent pas les invités. Il avait déposé ses cadeaux dans leur chambre – roses blanches, chemise de nuit blanche, kimono blanc, un parfum baptisé Nocturne Blanc.

May s'était garée à bonne distance de la maison, et avait porté son cadeau dans ses bras le long de l'allée sablée. Elle le tenait avec trop de précaution, avançait à regret. Le cadeau était délicat, mais ne risquait pas de se casser. Une écharpe grise et vaporeuse. Dans la maison, elle le confia à Gil, qui lui demanda où elle avait retrouvé Irene. À cette question, May se sentit parcourue d'un brusque sursaut de rage coupable.

Comme tu le sais, je l'ai invitée à déjeuner.

Et ensuite, où est-elle allée ?

Qu'est-ce qui ne tourne pas rond chez toi ? May vint fourrer son visage sous le nez de Gil. La foule des amis passait devant eux. Mais bordel, qu'est-ce qui ne tourne pas rond chez toi ?

Oh, dit Gil, d'un ton charmant, est-ce que j'ai l'air d'un mari jaloux ? Je suppose que oui. Peux-tu me le reprocher ? La voilà qui arrive, regarde !

May se détourna et décida de sortir tout droit par la porte de derrière, sans s'arrêter, mais Gil l'entraîna avec les autres dans une vaste pièce donnant sur l'entrée. La salle à manger. Elle regorgeait de nourriture, et des dizaines de très fines bougies de cire blanche l'éclairaient.

Des portières de voiture claquèrent dans l'allée. Un instant plus tard, la porte donnant sur l'extérieur s'ouvrit et les enfants approchèrent, en bavardant. Irene entra dans la pièce.

Surprise ! hurla May en même temps que tout le monde.

Irene la regarda droit dans les yeux et fut submergée par l'idée soudaine que May avait collaboré en secret avec Gil. Gil était tout près de May maintenant, et la remerciait. Une surprise ressemble-t-elle à une trahison ? se demanda Irene, en ouvrant des yeux ronds. Elle était malade de déception. *Tous les deux, finalement.* Peut-être que maintenant je ne sortirai jamais de là.

Bon anniversaire, ma chérie ! s'écria Gil.

Puis tout explosa en vacarme. Gil prit les enfants dans ses bras. May disparut. La fête se mit à tournoyer. Debout dans les ombres dorées, une coupe de champagne au bout des doigts, Irene songea qu'il valait mieux qu'elle s'abrutisse, et elle porta la coupe à ses lèvres.

Ils firent l'amour ce soir-là avec une violence batailleuse, comme si des êtres secrets sortaient de leur peau. Elle gardait les ongles longs et pleins d'aspérités. Il lui couvrit la bouche de sa main et retint sa tête en arrière. Ils avaient éteint toutes les bougies, les lampes, et même les lumières extérieures. Tout dans la maison était d'un noir d'encre et sonnait creux dans le vide des pièces en désordre, après la fête. Les enfants étaient partis avec les familles de leurs copains. Il y avait l'absence sinistre des chiens. Tous deux continuèrent inlassablement dans l'obscurité complète, incapables de parvenir à la jouissance ou de s'arrêter. Il lui fit dire tout ce qu'il voulait entendre. Elle lui donna la ceinture du kimono blanc et il la lui noua autour de la gorge.

Quand elle se réveilla, nue et endolorie, elle était toujours attachée au lit.

Quand les enfants rentrèrent à la maison le lendemain matin, l'étrange silence régnait toujours. Ils montèrent dans leur chambre et jouèrent ou travaillèrent toute la journée, sans bruit, comme s'ils devinaient l'épuisement de leurs parents. Ils avaient la mine lointaine et aux aguets quand Irene les fit déjeuner, puis dîner. Quand ils vinrent à pas de loup lui souhaiter bonne nuit, leurs murmures brûlants étaient rauques et craintifs. Elle les serra contre elle et leur promit que tout se passerait bien. *Quoi ? Qu'est-ce qui se passera bien ?* Ils s'accrochèrent à ses bras, insistants, jusqu'à ce que Gil leur ordonne de filer.

L'histoire du Vison, qu'Irene avait dénaturée, était un élément d'une autre histoire, beaucoup plus longue et plus compliquée. Au cours de la même année 1832, Catlin avait peint un chef dakota doté d'une grande force de caractère. Petit Ours était représenté de profil, ce qui donna à son rival, l'infâme Sunka, dit aussi Le Chien, un prétexte pour lui lancer une grave insulte. L'autre moitié de Petit Ours, prétendit-il, n'était bonne à rien, elle était sans valeur, honteuse. Il n'était qu'un demi-homme. Leur rage devint meurtrière, et Petit Ours reçut une volée de plombs, qui toucha précisément le côté du visage que Catlin n'avait pas représenté. Il mourut de son atroce blessure, et Le Chien fut poursuivi et tué par des guerriers fidèles à Petit Ours.

L'étrangeté de l'histoire tient à ce profil perdu qui à la fois causa et annonça la disparition réelle de l'homme, et qui pour Catlin ne représentait qu'un choix esthétique instinctif motivé par une lubie, un caprice d'artiste, ou peut-être sa lassitude d'avoir peint tant de portraits de face, tous semblables.

La peinture de Catlin éveillait les soupçons, provoquait la mort. Les tribus que Catlin allait voir étaient douées d'un sens artistique et créaient des objets extraordinaires, et même de l'art pictural. Mahtotohpa, Quatre Ours, montra à George Catlin une peau de bison sur laquelle il avait peint les exploits sanglants qui constituaient l'histoire de sa vie. Les tableaux étaient complexes, symboliques, spectaculaires, minutieux. Ils étaient aussi en une seule dimension et sans ombres. Outre tant d'autres inventions européennes – couteaux en acier, bouilloires en fer-blanc, fusils, hachettes, perles de traite, pièges à mâchoires, et un journal qui fut acheté à grands frais par un Indien et employé en guise de médicament – Catlin apporta les ombres.

À cause des ombres, ses tableaux avaient la force directe et la puissance du surnaturel, de la réplique du rêve, du sosie. C'était comme si un jumeau imprévu avait été créé sous les yeux du sujet. Un jumeau qui semblait vivre, respirer, vous suivre du regard, et qui pourtant était immobile. Les tableaux étaient des objets de vénération et de crainte. Certains, inquiets, juraient que ceux qui se laissaient peindre ainsi les yeux ouverts ne reposeraient pas en paix après leur mort, car un aspect de leur être continuerait à vivre, le regard fixé sur le monde. D'autres, troublés par le fait que Catlin peignait des bisons qu'il emportait avec lui dans ses cartons, liaient ses actes à la rareté grandissante des troupeaux dont dépendait leur existence. Ainsi les ombres dépouillaient leurs sujets, et pour le reste du monde devenaient plus réelles, jusqu'à ce qu'il semble qu'il ne restait plus qu'elles.

Il y avait des jours où Irene et Gil, tellement épuisés par le combat, quittaient tout simplement leurs tranchées et s'enlaçaient au-dessus des têtes de leurs enfants. On criait « pouce ». Toute la famille s'aimait d'amour tendre. Juste après la fête, il y eut une forte chute de neige et la famille passa une de ces merveilleuses soirées-là. Quelque part, des branches chargées de neige tombèrent sur des lignes électriques, privant de courant les maisons de ce secteur de la ville. Riel et Stoney, qui regardaient la télévision au sous-sol, remontèrent à l'aveuglette. L'écran d'ordinateur de Florian s'éteignit et il descendit en appelant ses parents. Gil sortait de la cuisine, Irene y entrait. Ils se heurtèrent en douceur et restèrent un instant dans les bras l'un de l'autre. Les chiens silencieux répartirent leur attention entre eux tous, les regroupant dans une pièce.

Où sont les bougies ?

Je sais, elles sont dans le tiroir à fouillis !

Et les allumettes ?

Les allumettes aussi.

Le craquement d'une allumette. Le flamboiement sur le visage souriant et exalté de leur mère. Elle adorait les petites catastrophes.

Qu'est-ce qu'on doit faire ? Qu'est-ce qu'on doit faire ? cria Stoney.

Prenons chacun une bougie et sortons, proposa Irene.

Elle en planta cinq dans de petites assiettes en carton pour que la cire ne leur coule pas sur les mains. Ils passèrent manteaux et bottes, saisirent leur bougie et sortirent accompagnés des chiens. Dehors, Irene alluma les mèches et le rayonnement s'éleva vers leur visage. Il avait neigé plus tôt dans l'après-midi, et Gil émit l'hypothèse que quelque part la neige, devenue trop lourde, avait endommagé un transformateur. Irene éclata de rire et lança : As-tu la moindre idée de ce à quoi sert un transformateur ? Et Gil, loin de se vexer, rit aussi et cria : Il transforme ! Il transforme tout ! Ils partirent à la lueur des bougies, en admirant les maisons silencieuses ourlées de neige amoncelée. Des lumières allaient et venaient de façon mystérieuse au fin fond de pièces cachées derrière des fenêtres obscures, mais dehors il n'y avait personne.

La neige réfléchissait son propre éclat, et les nuages bas renvoyaient la lumière des réverbères, toujours allumés, mais diffusant un éclairage de secours moins intense. Le ciel était d'un orange saisissant. Ils marchèrent jusqu'au terrain de baseball du parc. Il disparaissait sous deux bons centimètres d'une neige dure et immaculée. Leurs bougies s'étant consumées au point qu'il était dangereux pour les enfants de les garder à la main, ils les piquèrent autour d'une base de départ. Les lampadaires du parc projetaient des ombres floues sur la neige. Irene dit que ce serait l'endroit idéal pour une partie de jeu des ombres, un jeu auquel, petite, elle s'était amusée l'été, sous les réverbères. Ils se mirent alors à jouer à chat en touchant leurs ombres. Irene et Gil coururent et virevoltèrent, entrant et sortant de l'obscurité de l'un et de l'autre. Les enfants exécutèrent plongeons et glissades, s'écartèrent d'un bond pour que leur ombre se déroule sous leurs pieds. Les chiens galopèrent en rond autour de la famille afin d'empêcher qu'elle ne s'égaille. Gil trouva un endroit, juste sous la lumière, où il pouvait cacher son ombre bien ramassée sous ses pieds. Irene et les enfants se rangèrent autour de lui, en riant. Au moment où ils se rapprochaient pour le capturer, Gil s'élança. Son ombre bondit sur le terrain.

# DEUXIÈME PARTIE

Douze ans avant sa mort, F. Scott Fitzgerald écrivit une nouvelle qui contient ces phrases superbes : *Il ne nous est pas donné de connaître ces rares moments où les autres sont totalement ouverts et où le moindre contact peut flétrir ou guérir. Une seconde trop tard et nous ne pourrons plus jamais les atteindre en ce monde. Ils ne seront pas guéris par nos médicaments les plus efficaces, ni tués au moyen de nos plus tranchantes épées.*

Gil trouvait perturbants les derniers mots de la citation, mais pensait souvent à la première partie en relation avec Irene. Ce moment inconnaissable dont parlait l'écrivain exerçait un puissant effet sur ses actes, car il avait la certitude qu'existaient des interstices, des ouvertures, des brèches, dans le mur qui se dressait entre eux. Ce mur était composé de décombres immatériels. Dits et non-dits, actes, malentendus, un agglomérat de moments empilés, duquel, croyait-il, pouvait percer un pur moment. Ou un symbole. Ou une métaphore. Ce qu'il croyait vraiment c'était que viendrait un moment où il pourrait réellement atteindre Irene, et que ce moment changerait tout.

Irene en personne lui avait conseillé de résister à l'attrait qu'exerçaient les moments, mais là était le problème de l'Histoire, discerner le bon moment. C'était aussi un problème en peinture – le bon moment. Un seul coup de pinceau pouvait parfois tout changer, c'était pourtant ce que Gil adorait : cette limite très ténue entre un moment et l'autre quand le tableau se mettait à exister. Irene prétendait qu'il était accro à l'idée des moments clés dans la vie et dans l'art parce qu'il avait passé tellement de temps devant la télé, mais il citait Fitzgerald et assurait que tout grand tableau était une affaire de moment.

Oui, dit-elle, des quantités. Qui s'additionnent. Les plus grands tableaux ne sont jamais *un* seul moment. Regarde les derniers autoportraits de Rembrandt, absolument tout ce qu'il a vécu est inscrit dans ses yeux et sur son visage.

Oh, je t'en prie, rétorqua Gil. *Hendrickje se baignant.* Un moment délicieux. Et l'autoportrait de Bonnard dans le miroir de la salle de bains ? Humble, à bout de forces. Sa vie était derrière lui. Mais elle est bien là – il n'est pas pitoyable – l'inébranlable lucidité de ce moment.

De tous les moments – dit Irene, mais Gil éleva le ton.

L'autoportrait de Bonnard traite précisément du moment ! Tu n'as jamais rien compris au temps dans le contexte de la peinture !

C'était encore une de leurs agréables disputes. Quand ils avaient fini par rendre un sujet neutre, ils pouvaient parler des heures. Une chose : jamais ils ne s'ennuyaient ensemble. Ils pouvaient bien se haïr, du moins, Irene pouvait bien haïr Gil, alors que celui-ci ne soupçonnait pas à quel point il haïssait Irene tant il était obsédé par son désir de la reconquérir. Il la détestait vraiment. C'était un élément de son mur immatériel. Il ne pouvait ni voir ni ressentir cette haine, mais elle était là. Son idée farfelue concernant cette brèche dans le mur était en partie liée au fait de passer de l'autre côté de sa propre haine, dont il ignorait l'existence.

Donc.

Gil avait un mur. Irene avait un mur. Entre les deux murs existait une zone neutre, intacte, une étendue sauvage où se trouvait tout ce qu'ils ne savaient pas et ne pouvaient imaginer sur l'autre. Gil avait une vision claire de cet espace qui les séparait. Il y voyait un paradis intact semblable à la zone démilitarisée entre les deux Corées.

Neuf heures du matin. 4 décembre. Lors de leur premier rendez-vous chez une conseillère conjugale, une femme agréable et maternelle de soixante-deux ans, les pieds sur terre, mais au grand cœur, Gil décrivit ce paysage imaginaire. Il parla d'une voix douce et sincère.

Je nous vois, Irene et moi, de part et d'autre de la DMZ, séparés par des barbelés acérés, des systèmes défensifs pointus, des services de renseignements, même. Entre nous s'étend une bande de désir très fort, plein de nostalgie, qui nous appartient à tous les deux, intacte.

Oui, dit la thérapeute, je connais l'existence de la vraie DMZ.

Elle abrite une biodiversité incroyable. Elle est d'une beauté phénoménale, précisa Gil.

Où voulez-vous en venir ? demanda la thérapeute.

On y trouve la grue du Japon, symbole de paix, répondit Gil.

Je ne crois pas que la grue du Japon soit un symbole de paix, intervint Irene.

Une fois de plus, où voulez-vous en venir ? s'enquit la thérapeute.

Je crois que nous pouvons y entrer, dans la DMZ. Gil se tut, pencha la tête.

Au bout d'un moment, la thérapeute s'adressa à Irene. Qu'en pensez-vous, Irene ?

La métaphore était tentante. Elle avait entendu dire que cette bande large de trois kilomètres, protégée par des murs et du grillage, surveillée sans cesse par des patrouilles, fourmillait d'une vie disparue ailleurs, ce qui en faisait un lieu sacré. Elle voulait y aller, dans cet endroit demeuré intact depuis une date précédant même sa naissance.

Elle soupira et se tourna vers Gil, vers la thérapeute, et demanda : Et si l'un de nous deux se dote d'armes nucléaires ?

Gil et la thérapeute devinrent songeurs, et l'on entendit le sifflement de l'air propulsé par les bouches de chauffage.

Tu les as déjà, lança soudain Gil. Il se pencha vers elle, attentif. La question est la suivante : vas-tu en faire usage ?

Donc je suis la Corée du Nord ?

Oui, dit Gil d'une voix douce. Exact.

Attendez, dit la thérapeute.

Je suis donc ce monstre de Kim Jong-il à la drôle de coiffure et aux spectacles de masse totalitaires complètement barjos ?

J'en ai bien peur, reconnut Gil.

Pas question, protesta Irene, je veux être la Corée du Sud avec ses cadres féminins et ses spécialistes du cinéma d'animation. Je veux être un tigre d'Asie.

Attendez, dit la thérapeute.

Parce que je pense que c'est toi, la Corée du Nord, lança Irene. Tu as pris nos enfants en otage et braqué ta bonne grosse ogive nucléaire sur moi.

Mon ogive nucléaire ?

Arrêtez, ordonna la thérapeute.

Oui, ton ogive nucléaire, et elle n'est pas si grosse que ça. Elle est minus, minus, minus.

Non, dit Gil, pas du tout. Je suis bien au-dessus de la moyenne nationale. Savez-vous quelle est la moyenne nationale pour la longueur pénienne ? Il s'adressa à la thérapeute.

Je ne sais pas si je peux vous aider, tous les deux. Vous ergotez. Vous n'abordez aucun point pertinent. Vous jouez à des petits jeux. Prenez-vous ce travail au sérieux ?

Bien sûr, dit Gil. Veuillez m'excuser. Je suis sérieux.

Il se perd dans ses propres métaphores, lâcha Irene. Elles s'accumulent pendant qu'il oublie le tableau. Il ne voit plus ce qu'il est en train de peindre.

Qui. Qui je suis en train de peindre.

Moi.

Le silence s'installa.

Irene, pouvez-vous en dire un peu plus long ? La thérapeute patienta.

Gil regarda ses mains en fronçant les sourcils, plia les doigts.

Bon, si elle a l'intention de se taire, je…

Attendez, demanda la thérapeute.

Gil baissa de nouveau les yeux vers ses mains, croisa ses doigts bien serrés sur ses genoux.

Des grues en papier, dit Gil, d'un air songeur, l'oiseau de la paix.

La colombe, siffla Irene.

La thérapeute prit un air sévère. Laissons Irene aller au bout de sa pensée.

D'accord, dit Irene, tu peux garder tes grues. Mais arrête de rendre dingue ce pauvre Florian, arrête de battre les enfants, arrête de nous terroriser. Ce ne sont pas tes enfants, de toute façon. Je les ai eus tous les trois avec d'autres hommes. Des hommes différents.

Je t'en prie, plaida Gil. Il regardait Irene. Je t'en prie, c'est vrai ?

Non, c'est une blague.

*4 décembre 2007*

AGENDA ROUGE

Florian a une peau qui ressemble beaucoup à celle de Gil, une peau épaisse d'Irlandais qui refuse de bronzer mais brûle obstinément. Ses cheveux bruns ont une petite touche du roux de ma mère. Oui, mais ses yeux. Ses yeux sont si noirs que l'on ne distingue pas la pupille de l'iris. Ses yeux sont des cadeaux de nos ancêtres, c'est ce que je dis toujours, mais la vérité est autre.

Le père de Florian était un universitaire, un historien mondialement connu – une sorte de génie, comme Florian. Je l'ai rencontré à l'occasion d'un colloque. Nous sommes montés dans sa chambre après une conférence, et là j'ai découvert qu'il avait beau être un homme mince au teint pâle, sa queue était énorme et impitoyable.

Irene jeta le stylo sur la table en riant. Énorme et impitoyable ! D'ailleurs, quand donc suis-je allée assister à un colloque ? Où ai-je rencontré quelqu'un de mondialement connu ? S'il est assez jaloux pour tomber dans le panneau, Gil mérite de souffrir. Elle continua à écrire, en noircissant des semaines entières.

Énorme et impitoyable. Jamais on n'aurait pu le deviner. Nous avons fait monter nos repas dans la chambre pendant deux jours – il a manqué les tables rondes et tous les autres invités savaient pourquoi. Les gens ont commencé à s'adresser à sa chaise vide. Quelqu'un a posé dessus la clé d'une chambre. C'était un hôtel charmant et j'ai volé une pince à beurre en argent, un souvenir. La pince à beurre en argent du père de Florian. C'est tout ce que j'ai !

Ridicule.

J'ai failli laisser échapper la vérité au cours de notre première séance de thérapie. Heureusement, c'était trop invraisemblable – je suis certaine que Gil a pensé que ce n'était qu'une plaisanterie cruelle de ma part.

Les cheveux bruns de Riel ont exactement la même couleur que les miens. Sa peau change, passe du crème délicat au bronze chaud. En hiver, elle a la pâleur d'une pêche blanche et le rose de ses joues offre un contraste enchanteur. Sitôt que le soleil tape, en été, sa peau resplendit d'un or uniforme. En fait, on dirait que le soleil se lève en elle. Elle rayonne. C'est une chose que je vois arriver tous les ans. Une fois de plus, un cadeau, mais d'un homme que Gil connaît très bien et qu'il considère comme un ami – je me demande si Gil devinera un jour que lorsqu'il était à New York pour une inauguration, ici nous avons fait l'amour, dans son atelier. Là-haut. Puis en bas, dans notre lit, notre lit conjugal. J'ai encore un peu honte que nous nous soyons ainsi moqués de lui – ce n'était pas bien, je le sais.

Irene s'arrêta de nouveau, en pensant : Comme si Gil pouvait croire que j'écrive « lit conjugal » ! Ça va lui mettre la puce à l'oreille – c'est tellement nul – il saura que je l'écris pour lui faire du mal. Puis elle se remit à écrire, de façon plus réfléchie.

Stoney a une peau un petit peu plus sombre que Gil ou moi, et ses yeux sont verts. D'un vert franc, translucide. Nous ne voyons personne d'un côté ou de l'autre de la famille qui ait jamais eu ces yeux-là, mais nous les attribuons à une belle Métis d'un passé proche, jamais photographiée. Parce qu'il est né après que nos problèmes ont commencé, Gil soupçonne peut-être, même s'il ne l'a jamais avoué, qu'il n'est pas le père de Stoney. Il est vrai que nous avons conçu notre bébé à Paris, comme je le lui ai dit. Il n'a pas été conçu la semaine d'après ni la semaine d'avant. Quoi qu'il en soit, il n'a rien à voir avec Gil. Pas une seule molécule. Il m'a été offert par la Vierge de Notre-Dame. Ses yeux verts le ramèneront un jour à Paris, où il arpentera les rues dans un rêve familier et en croisera peut-être d'autres, un vieil homme aux yeux verts. Son père.

Aucun des enfants n'a une seule molécule en commun avec Gil.

Ce que tu as raconté aujourd'hui était tellement atroce, tellement blessant ; il faut que nous en parlions, dit Gil à Irene, cet après-midi-là.

Je sais, reconnut Irene, je suis désolée. C'était vraiment lamentable.

Nos enfants sont donc de moi.

Oh, Gil, s'écria Irene. Comment ai-je pu raconter un truc pareil ? Qu'est-ce qui ne tourne pas rond chez moi ?

Les larmes lui montèrent aux yeux lorsqu'elle regarda son mari et se souvint tout à coup de sa tendresse et de son ravissement à la naissance de chaque enfant – même, et surtout, à la naissance de Stoney.

Je devrais peut-être arracher ces pages de mon journal, songea-t-elle.

Gil avait les yeux en feu ; il sentait son cœur serré comme un poing dans sa poitrine, un poing dur, dangereux, douloureux. Pourtant lorsqu'il regarda Irene, il éprouva cette vaine sensation de frustration. Ils étaient devant la porte d'entrée. Elle partait. Elle partait, forcément. Elle partait nager, faire des longueurs, plus d'un kilomètre, à la piscine. C'était comme si elle partait à la nage en haute mer.

Il lui susurra, mais sur un ton venimeux : Tu ne sais pas à quel point je t'aime, et je préférerais ne pas t'aimer car de toute évidence cela ne te convient pas, mais je t'aime, et si fort qu'un de mes plus vieux fantasmes est qu'à l'heure de notre mort nous soyons tous deux incinérés et nos cendres mêlées dans un seul beau vase, comme celui que nous avons acheté ensemble à Venise, celui qui était trop cher pour nous mais que nous avons acheté quand même, souviens-toi, peut-être ce vase-là, ou alors un objet sacré, la corne d'un bison peut-être, ou encore que nos cendres soient dispersées en même temps dans un lieu particulier, le sommet d'une montage, peut-être, là où nous avons marché dans le Wyoming, souviens-toi, ou un lac au nord, peut-être, simplement pour qu'elles puissent demeurer ensemble pour toujours, Irene, pour toujours. Voilà ce que je voudrais.

Non, songea Irene, en se détournant. Je vais laisser ces pages telles que je les ai écrites.

Riel avait presque terminé les volumes de correspondance. Elle lisait chaque page plusieurs fois, en approchant de la fin, puis revenait en arrière pour repartir en avant. Elle n'avait pas envie que les livres se terminent. Elle prononçait à haute voix les noms de ceux dont les portraits apparaissaient dans les expositions de Catlin : L'Éternel Marcheur, Petit Chef Qui Poignarde, Tonnerre Virevoltant, Nageur, Soupe, Feu, Tête d'Esturgeon, Sauge Sauvage, Pied Pourri, Remède Bleu, Sans Cœur, Le Vent Abrupt, Le Vison, Grands Ongles, Pot Cassé, Menthe, Double Marcheur, Breuvage Noir.

Puis elle lut comment la variole fut introduite chez les Mandans par un négociant en fourrures, qui s'arrêta dans leur village alors qu'il transportait un homme malade à bord de son canoë. Dans les deux mois qui suivirent, presque tous les Mandans moururent. Une fois contaminés, la plupart succombaient en quelques heures. L'autre moitié se tua d'un coup de fusil ou se précipita au bas des éperons rocheux d'une hauteur de dix mètres qui entouraient le village. Elle lut que le village n'était plus qu'un hurlement continuel et que des familles entières furent laissées là à se décomposer dans leur maison. Enfin elle lut comment le plus grand des guerriers, Mahtotohpa, resta chez lui et assista à la mort de ses enfants et de ses épouses, mais survécut, puis traversa le village à pied en pleurant. Il partit s'étendre sur les saillies rocheuses et refusa de boire et de manger, jusqu'à ce que le neuvième jour il revienne en rampant dans la demeure de sa famille et se couvre de ses peaux de bison pour mourir.

Riel posa le livre et tira ses couvertures sur sa tête. Elle se tint immobile, dans l'obscurité, jusqu'à ce qu'elle ne puisse plus supporter ses pensées. Puis elle se leva et partit à la recherche de sa mère. Elle fouilla la maison jusqu'au moment où, au pied de l'escalier montant à l'atelier de son père, elle entendit sa mère s'adresser à lui. Elle monta quelques marches, mais au fur et à mesure qu'elle se rapprochait et que la voix d'Irene devenait plus forte, elle reconnut un timbre blagueur, intime. Elle redescendit à pas feutrés. Elle ne s'immisçait jamais entre eux quand ils riaient, parlaient en même temps d'un ton exalté, quand ils semblaient heureux.

Riel retourna dans sa chambre et tira de nouveau son édredon sur sa tête. Elle songea à la loyauté tragique de Mahtotohpa et arriva à une conclusion. En cas de catastrophe, elle devrait prendre la direction des opérations. Elle devrait trouver un moyen de sauver sa famille. Ce qu'elle avait lu renforçait sa conviction que tout pouvait arriver. Depuis l'aube de l'humanité, c'était prouvé – les pires événements que l'on pouvait imaginer se produisaient réellement.

En début de soirée, Irene se mit à penser combien Gil et elle avaient mis la thérapeute en colère. L'épisode tout entier lui semblait d'une drôlerie absolue. Elle monta dans l'atelier de Gil, se campa dans l'embrasure de la porte et lança d'une fausse voix de bonne épouse : Tu es sûr que je ne peux pas être la Corée du Sud ?

Gil se tourna vers elle, le rire déjà aux lèvres.

La tête qu'elle a fait, quand tu as prétendu que les pères des enfants étaient trois autres hommes !

Vous n'êtes pas sérieux, tous les deux, fit Irene, imitant la thérapeute. Vous ergotez !

On ne peut pas retourner chez elle.

Non, nous avons loupé notre coup. Nous sommes de mauvais clients.

Nous sommes trop dingues pour elle.

Oh putain, nous sommes des cas trop désespérés.

Ils éclatèrent de rire et main dans la main descendirent au rez-de-chaussée. Gil s'assit à la cuisine et ils feuilletèrent des livres de recettes jusqu'à ce qu'Irene se décide pour un de leurs plats préférés, qu'ils aimaient tous – des crevettes à la mexicaine, à la coriandre et au riz. Gil fila acheter les ingrédients. Ils étaient fauchés, mais il prit quand même des vins ruineux, trois bouteilles différentes. Ce soir-là, quand les enfants furent couchés, ils emportèrent le vin, les verres et le seau à glace dans son atelier.

Gil voulait montrer le tableau à Irene – plus réussi, à présent. Après cette séance de thérapie perturbante, il y avait apporté de profonds changements. Il était peut-être même très bon, maintenant. Gil savait qu'elle voulait lui faire plaisir, qu'elle n'avait pas envie de monter. Pourtant, arrivée en haut et installée dans le vieux fauteuil de veloutine, elle s'adoucit et devint songeuse. Il lui montra le tableau, et il vit à sa mine qu'elle était touchée par le désir très fort, plein de nostalgie, insoutenable, qu'exprimait son portrait, et autre chose encore. Une rémanence.

Il est magistral, finit-elle par déclarer. Ton meilleur, peut-être.

Soudain en proie au plaisir, au bonheur, il versa dans le verre d'Irene le vin rafraîchi, odorant, à peine teinté de rose et d'or, et la regarda boire. Elle sourit. Gil se détendit et s'autorisa à être drôle et sincère, en prenant un tout petit peu de distance, quand elle eut terminé son second verre, pour la sentir se pencher vers lui alors qu'il la couvrait de compliments. Elle se mit à parler comme autrefois, à flirter, en riant.

Irene finit par se déshabiller et resta allongée à siroter son vin. Elle demanda à écouter les vieilles cassettes qu'il avait passées quand ils s'étaient rencontrés la première fois. Il les avait toujours – des musiques du monde, musique aborigène, musique du désert, musique de la Danse du Cerf, musique des Indiens Huichols. Scriabine, Schubert, Bach. Il aimait Judy Garland et Etta James. Il aimait Dan Seals et Dire Straits. Certaines musiques étaient énervantes, dit Irene, comme elle le disait toujours, mais à ce moment-là elle était soûle.

Irene était étendue sur le dos, les genoux ramenés l'un contre l'autre, joliment inclinés sur le côté. Elle s'endormit. Son verre vide bascula sur la couverture d'un fastueux vert sombre, quand ses doigts se détendirent. Gil régla ses éclairages et continua à peindre. Finalement, il posa ses pinceaux, s'avança vers sa femme et lui écarta les genoux avec douceur. Elle remonta les cuisses, soupira, et elles s'ouvrirent mollement. Gil recula, régla ses éclairages pour qu'ils illuminent crûment son entrejambe. Le visage d'Irene était rejeté dans l'ombre.

Il continua à peindre tandis que les fenêtres passaient du noir au bleu sombre. Il mélangea ses couleurs préférées à même le tableau. Quand l'aube fit virer les fenêtres au gris, il nettoya ses pinceaux avec soin, un par un. Il ôta le panneau du chevalet et l'emporta dans un coin, jeta dessus une petite bâche de protection. Il sortit une boîte de jus de tomates de son réfrigérateur et la but, en regardant Irene dormir. Quand il eut terminé, il sortit une bouteille de jus d'orange, quatre aspirines, un verre d'eau. Il mit le tout sur un plateau qu'il déposa sans bruit à côté d'elle. Enfin, il déplia une couverture douillette en coton dont il la couvrit. Elle remua dans son sommeil, se lécha les lèvres et fronça les sourcils. Gil entendait les enfants en bas, à présent, et il sortit en silence pour leur préparer le petit-déjeuner.

La température descendit, une de ces fortes chutes de dix degrés qui tout à la fois affaiblissent et vivifient le corps. Irene annonça qu'elle allait sortir la voiture car il était important de faire tourner le moteur pendant les grands froids. Gil lui prit un rendez-vous pour qu'on lui pose une batterie neuve. Sur Internet, on annonçait moins trente, mais l'école n'avait pas fermé et Irene partit une heure plus tôt – elle passerait chercher les enfants quand elle aurait fini d'écrire dans la petite salle de la banque.

Elle portait sa doudoune blanche, des moufles matelassées en laine polaire, des bottes doublées de mouton, une écharpe au travers de laquelle respirer. Les rues étaient vides et il flottait dans l'air une brume de gaz d'échappement. Elle entra dans le hall de la banque, passa devant la machine à compter la petite monnaie, puis derrière, et partit au fond. Il n'y avait pas de clients et les quelques caissiers de service parlaient et riaient à voix basse. L'escalier était enchâssé dans un mur blanc arrondi d'allure majestueuse, et le bureau et sa préposée se trouvaient au pied des marches. Janice l'accueillit en l'appelant par son nom, prit sa clé, et alla ouvrir le placard placé derrière son bureau pour trouver celle qui faisait la paire.

Pas trop froid ? demanda-t-elle au moment où elle ouvrait le coffre. C'était ce que tout le monde disait.

On fait aller, dit Irene. C'était ce que tout le monde répondait.

*5 décembre 2007*

AGENDA BLEU

Froid dehors, mais je veux cette souffrance parce que je souffre. Trop bu de vin hier soir. Mon visage semble grossièrement plaqué sur ses os. Si je persuade Gil qu'il n'est pas le père de nos enfants, il nous laissera peut-être partir. Nous laissera quitter la maison, tout simplement.

Il y avait deux canapés dans la salle de télé, placés tout près l'un derrière l'autre. Florian regardait son père regarder la télévision. On l'avait prévenu que c'était une soirée familiale, et qu'il lui était par conséquent défendu de rester seul dans sa chambre devant son ordinateur. Il était donc assis à côté de Riel. Mais aucun des deux n'avait les yeux sur l'écran, ils regardaient leur père rire, manger du popcorn, boire du vin à petites gorgées. De temps en temps, Gil s'arrêtait net et demandait à Stoney, assis droit comme un i à côté de lui : Où est ta maman ?

Un film allait passer et il voulait qu'elle voie le début. Il y avait une place libre pour elle sur le canapé, et un verre à vin vide était posé à côté d'une bouteille mordorée se couvrant petit à petit d'un terne vernis de transpiration, à force d'attendre.

La voiture d'Irene s'arrêta derrière la maison ; la

portière claqua. Gil demanda à Stoney de courir lui dire où ils étaient.

Stoney, qui aimait bien servir de messager, fila. Gil considéra l'écran d'un air impatient et annonça : ça va commencer. Florian et Riel étaient assis sur le canapé de derrière, les bras croisés. Et maintenant, plutôt que l'écran, Riel regardait Florian regarder leur père. Elle effleura le bras de son frère au moment où leur mère entra dans la pièce, rayonnante de froid.

Regarde, chuchota Florian, elle approche du rayon de Schwarzschild.

La veille, il avait expliqué cette théorie à Riel, elle savait donc que le rayon de Schwarzschild était le point supposé où la lumière reflétée par un corps perd de plus en plus d'énergie au fur et à mesure qu'il lutte pour échapper à l'attraction phénoménale d'un trou noir.

Le visage de leur mère, qui tentait de sortir de la pièce à reculons, se crispa puis se fit fragile et charmant lorsqu'elle comprit qu'elle n'avait pas d'autre solution si ce n'était de s'asseoir auprès de son mari. Il lui versa un verre de vin, et la peau d'Irene transféra son énergie lumineuse à ce qu'elle buvait.

Elle a été aspirée dans le rayon, murmura Florian à Riel.

Riel se souvenait aussi que Florian avait défini cette proximité comme étant la distance, ou le point de non-retour, à partir de laquelle rien, pas même une ombre, ne peut être récupérée.

Le sac de gym Barbie était nettement insuffisant. Riel avait tanné Florian pour qu'il rapporte à la maison un manuel de survie emprunté à la bibliothèque du lycée, et il l'avait enfin écoutée. Un livre rouge : *Préparez-vous à la catastrophe*. N'oublie pas, dit Florian, en lançant le livre à Riel. Elle lui avait promis qu'elle l'intégrerait à son plan d'évasion, ce qui, elle le savait, compliquerait tout. C'était comme recommencer à zéro. Maintenant qu'elle bénéficiait de conseils professionnels, elle comprenait que ses plans ne tenaient pas la route. Elle aurait été à court de nourriture en moins d'un mois et se serait retrouvée face à un choix atroce – manger ses chiens ou être mangée par eux. Elle et les chiens seraient revenus à l'état sauvage, et les tabous normaux touchant aux sentiments entre espèces auraient disparu. Les Mandans avaient mangé leurs chiens, mais Riel savait que c'était au-dessus de ses forces. Elle savait qu'elle aimerait autant qu'ils la mangent. Ainsi, elle restituerait avec respect son corps à la nature. Autant ne pas du tout se retrouver face à ce choix.

Elle lut quelque chose sur l'éventualité d'un scénario dans lequel figurerait une bombe sale, où s'aventurer à l'extérieur signifierait trouver la mort. Si pour survivre un masque à gaz était nécessaire, alors elle était clairement condamnée, de même que toute la population de la ville ou presque. S'il n'était question que de radiations de longue durée, alors son plan modifié consistait à confiner au moyen d'adhésif d'électricien, non seulement Florian, mais toute sa famille, sans oublier les chiens, bien sûr, dans le grand placard du sous-sol. Qui deviendrait rapidement un taudis. Oui, mais elle ferait de son mieux. Riel savait que sa mère avait conservé au moins une année de boîtes en plastique de leur traiteur chinois préféré, qu'elle rangea en secret dans un coin du placard à côté de plusieurs rouleaux de papier hygiénique. Ce serait déjà ça. Il lui fallait aussi des lingettes, de l'eau, et de la nourriture. L'eau, c'était facile – Riel récupéra les bidons de lait en plastique dans la poubelle du recyclage. Elle les remplit d'eau, les descendit dans le placard et les recouvrit d'une carpette. Maintenant qu'elle avait décidé de sauver toute sa famille, il lui semblait qu'il lui faudrait une quantité d'eau infinie. Elle n'était pas au bout de ses peines. Côté nourriture, elle chapardait comme un écureuil. Elle amassait des sachets en plastique bourrés de noix, de noisettes, d'amandes et de céréales – des aliments hautement caloriques, comme il était conseillé. Elle les emporta au sous-sol et les fourra dans une boîte à pain en plastique. Elle se promit d'accomplir une petite tâche par jour, pour assurer le bien-être de sa famille en cas d'apocalypse.

Au fur et à mesure que le placard était aménagé en abri de sauvetage, Riel avait pensé qu'elle se sentirait plus en sécurité, mais il advint le contraire. Elle rêva de crues qui déferlaient, de tanks aussi gros que des maisons, d'hélicoptères noirs déversant une pluie de feu, et le pire, d'hydrophobie. Elle rêva que tous les chiens du monde devenaient fous et mettaient leurs maîtres en pièces. Quand elle se réveilla, son visage était trempé de larmes et elle avait de la peine à respirer. Dans son rêve, chaque animal malade présentait une tache rouge sur l'oreille. Riel fila voir les chiens et inspecta leurs oreilles. Quand elle s'aperçut qu'ils n'avaient pas de tache, elle enfouit son visage dans leur poil d'hiver râpeux. Leur haleine chaude et fétide passa sur elle, la réconforta, et elle songea qu'elle avait vraiment intérêt à acquérir la résistance mentale que décrivait l'auteur du livre. Respire par le ventre, se recommanda-t-elle.

Irene entra dans l'atelier de May et s'assit sur son canapé en velours cramoisi. Le tissu, vieux et lustré par endroits, sentait le grand lévrier rouan de May, sauvé des cynodromes. Une odeur salée, intime. Le plafond représentait un ciel dix-septième siècle entouré d'angelots dodus et gâtés, tenant dans leurs mains des guirlandes dorées. Il y avait des dizaines de toiles aux couleurs vives, à moitié terminées, ou terminées. Le lévrier était assis avec élégance aux pieds de May. Irene avait tout simplement pris sa voiture et elle était venue, était entrée sans s'annoncer.

Elle ne dit pas un mot, se contenta de regarder May.

Tu n'as pas répondu à mes coups de fil, remarqua cette dernière.

Irene portait l'écharpe vaporeuse qu'elle lui avait offerte pour son anniversaire.

Écoute, dit May. Il m'a téléphoné et m'a parlé de la fête après que j'ai peint le plafond de Stoney. Cela faisait partie du plan – qu'il appelait son opération profond désir. Ensuite, il a voulu que je veille à ce que tu ne rentres pas avant que tout soit prêt. Il y avait un détail supplémentaire. Il voulait que je te suive et que je découvre où tu avais passé toute la journée.

Le visage d'Irene s'embrasa.

Je suis désolée. J'ai supposé qu'il trouverait quelqu'un d'autre pour te suivre, alors j'ai pensé que j'allais accepter ce boulot parce que quoi que tu fasses – non pas que tu aies fait quoi que ce soit – mais bon… on ne sait jamais. Je garderais ça pour moi. Tu es ma sœur.

Irene scruta le visage de May.

Lui as-tu dit que tu es ma sœur ?

Non.

Le visage d'Irene s'éclaira. Elle respira à fond.

Je vais le quitter.

May baissa les yeux. Le museau éperdu d'amour de son chien se glissa dans sa main.

Je ne sais pas comment sortir de là.

Alors il te faut un avocat.

Irene hocha la tête et se sentit sur le point de vomir. Elle glissa sur le côté et s'affaissa, la tête sur les genoux.

May s'assit et la prit par les épaules.

Tu veux un verre d'eau ? Un thé ?

J'ai besoin de vin rouge.

C'est le matin.

May resserra l'étreinte de ses bras autour d'Irene, et le chien tourna sans relâche autour des deux femmes installées sur le canapé. Il s'arrêta et s'appuya contre May. Irene posa la main sur la tête de l'animal. L'idée d'un verre plein d'un beau bourgogne reconstituant, à la saveur poivrée, ne s'estompa qu'à peine.

Je le boirai plus tard, songea-t-elle. Elle se redressa.

S'il arrive quoi que ce soit, tu t'occuperas de mes enfants ?

Arrête ! Les gens divorcent tout le temps.

May ?

D'accord. Parles-en à l'avocat.

Irene acquiesça. Elle n'arrivait pas à le dire, mais elle savait qu'elle détruisait un monde. Une petite culture. C'était la façon connue et sans risque de se comporter au sein de la famille. Tous les rituels, aberrants ou malsains, peu importait, bons ou mauvais, seraient inutiles. Toutes les manœuvres. Ils connaissaient les fourberies habituelles, mais ils seraient désormais exposés à des dangers nouveaux.

Les gens font ça tout le temps. Je ne sais pas comment. Je ne sais même pas par où commencer.

Par l'avocat, tu te souviens ?

Ah, oui.

Et autre chose, Irene. Tu dois arrêter de boire.

Irene acquiesça.

Je vais y songer, dit-elle d'un ton prudent.

Trois soirs de suite, Irene ne toucha pas à une goutte d'alcool. Chaque fois qu'elle avait envie de boire, elle se servait un verre d'eau. Je n'ai jamais autant fait pipi de ma vie, se dit-elle dans la glace de la salle de bains. Je ne sais même pas si c'est possible. Elle descendit au rez-de-chaussée. Se versa encore un verre d'eau. Elle attendait que Gil lise le journal intime et réagisse. Mais il s'endormait chaque soir sur le canapé à côté de la magnifique cheminée, la télévision perpétuellement sur CNN. Quand il paraissait sur le point de s'assoupir, elle sortait dans le froid en compagnie des enfants tout emmitouflés, et promenait les chiens. En revenant, ils regardaient leur père par la fenêtre. Ils le regardaient avec tendresse comme si c'était un animal dans un zoo. Un animal dangereux, adorable quand il dormait. Un animal dont la fourrure invitait à le caresser, mais qui pourrait bien les dévorer s'ils s'y risquaient.

Ils passaient devant lui sur la pointe des pieds quand finalement il faisait trop froid pour rester dehors. Ils dormaient pelotonnés autour de leur mère, tous ensemble, à l'étage, sur les tapis d'une incroyable épaisseur.

Aux États-Unis, le travail de George Catlin ne plaisait pas, il fit donc emballer et embarquer toute sa collection sur un navire à destination de Londres, où il exposerait et donnerait des conférences. Il laissa sa famille à grand regret, mais emporta un curieux trésor. À bord, une cage contenait deux grizzlis qu'il avait capturés quand ils étaient, selon ses propres termes, « pas plus gros que mon pied ». Les oursons étaient maintenant presque adultes. Catlin avait l'intention de les exposer, eux aussi.

Les deux grizzlis, dont le rayon d'action habituel couvre des centaines de kilomètres et qui comptent certainement parmi les créatures les plus puissantes au monde, étaient enfermés, sur le pont supérieur d'un bateau à voiles, dans une cage en fer de la taille d'une petite chambre à coucher. Si les ours n'étaient pas devenus fous avant d'avoir pris la mer, le voyage leur fit certainement perdre la raison. Pendant un orage, la détresse et la terreur des animaux furent telles qu'ils semblèrent sur le point de casser le vaisseau en deux. Ils se jetaient d'un côté à l'autre du cube et rongeaient les barreaux de leur cage jusqu'à s'en briser les dents. L'un d'eux réussit, par une journée calme, à arracher le nez d'un marin d'un adroit coup de patte. Ce fut encore pire pour les ours, une fois arrivés à Londres, où ils se retrouvèrent entourés à tous moments par une foule qui les bombardait de cailloux pour les entendre brailler et gronder. Catlin décrivait leur martyre d'un ton amusé, s'essayait même à l'ironie, en prétendant qu'ils lui devaient « quatre années d'entretien » ainsi qu'une rémunération pour les paysages qu'ils avaient eu le privilège de voir au cours de leur voyage. Enfin, sans grand discernement, il notait qu'« en raison des foules qui les entouraient sans cesse, et pour lesquelles ils avaient la plus grande aversion, ils semblèrent dépérir chaque jour, jusqu'à ce que l'un meure d'extrême dégoût... et l'autre, souffrant de symptômes semblables, ajoutés peut-être à la solitude et au désespoir, quelques mois plus tard. »

Irene avait écrit sur des fiches ses réflexions concernant cet épisode. Les ours étaient morts de dégoût d'avoir été regardés sans cesse. Plus elle y songeait, plus une telle mort était logique. Elle paraissait légitime. Les gens semblaient avoir oublié combien il est affreux d'être regardé ; puis elle commença à s'imaginer qu'en livrant ainsi son image, à force d'être regardée, sans relâche, en quelque sorte elle se tuait de dégoût. Elle inscrivit cette pensée sur une fiche, mais ensuite la déchira. Trois jours c'est long, écrivit-elle sur une nouvelle fiche. Assez long. J'ai prouvé que je n'avais pas besoin de boire.

Quand elle se fut versé le verre de vin dont elle avait rêvé, la tension causée par l'obligation de se prouver quelque chose se dissipa. Réchauffée, détendue, soulagée, elle descendit dans son bureau en emportant la bouteille et un sandwich. C'était la fin de l'après-midi, une heure tout à fait convenable. Plus tard, elle pourrait boire un scotch en compagnie de Gil, et puis encore du vin pendant le dîner, et ce serait là aussi tout à fait convenable. Tout en sirotant son verre, elle pourrait écrire, et il était normal d'écrire en sirotant du vin. Elle n'avait personne à passer chercher, aujourd'hui. Un bonheur tranquille et presque déchirant l'envahit. Elle avait accroché sur les murs blanchis à la chaux des ouvrages en patchwork dont les couleurs et les motifs l'apaisèrent. Elle avait un quilt étoile, un hibiscus, un crazy, et un motif patte d'ours ancien. Elle les regarda les uns après les autres avec tendresse. Elle aimait son bureau à la façon dont un animal aime sa tanière. Elle grignota son sandwich.

L'eau glouglouta dans les tuyaux, le lave-vaisselle terminait son cycle. Les griffes des chiens, qui allaient à la fenêtre surveiller les passants, cliquetèrent sur le plancher au-dessus de sa tête. Les chiens jaugeaient ceux qui pénétraient sur leur territoire, et l'un ou l'autre lançait un aboiement de mise en garde ou décidait que c'était sans danger. La maison était entourée de chênes et le grondement assourdi et monotone du vent résonnait parfois dans leurs racines. Irene entendait le son creux du flot d'énergie derrière les blocs de calcaire des fondations. Tout à coup, sous la douce influence de l'alcool, elle sentit leur pouvoir aveugle. Elle le sentit s'insinuer en elle. Ils l'avaient épiée en secret. Elle ouvrit son journal et continua à écrire.

*10 décembre 2007*

AGENDA ROUGE

Il est malaisé de différencier amour et symétrie. Gil était un artiste et j'aimais bien l'art. Gil parlait. J'écoutais. Je me rendis à l'un de ses vernissages – un grand tralala. Je m'étais débrouillée pour obtenir une invitation. Je mentis et lui racontai que j'étais modèle d'artiste. Il mentit et prétendit qu'il avait besoin d'engager un modèle. Je regardai ses tableaux, rien que des paysages, et lui souris. Gil dit qu'il me paierait. J'avais besoin de cet argent.

Je commençai à poser pour lui dans son entrepôt-atelier. Au début j'étais timide, mais la façon dont ses yeux se posaient sur moi, la qualité de son attention, étaient à la fois neutres et sexuelles. Parfois il s'approchait tout près, scrutait mes cheveux, ma peau, le bout de mes seins. Mais il ne me touchait pas. Nous écoutions de la musique pendant qu'il peignait. Il aimait la musique compliquée jouée au sitar – que nous appelions musique indienne-point, et l'un et l'autre nous aimions aussi notre musique indienne-plume – Northern Cree, Carlos Nakai, Black Lodge.

Je continuai à poser, à être payée, afin de poursuivre mes études et devenir historienne. Je voulais être historienne parce que j'ai l'œil pour les structures. La symétrie me touche beaucoup. Il s'avéra que Gil aussi avait besoin de symétrie. Nous fûmes accrochés par la similitude, ou une similitude. Puis ma similitude. De la symétrie, encore : nous avions l'un et l'autre été élevés par une mère célibataire. L'un et l'autre nous connaissions à peine notre père. Nous étions l'un et l'autre des sang-mêlé, des Indiens, et nous avions même en commun du sang cree et chippewa. Nous voulions l'un et l'autre des enfants. Nous étions l'un et l'autre chamailleurs. Lecteurs. L'un et l'autre, buveurs. La première fois où nous fîmes l'amour, nous étions ivres. La première fois où nous fîmes l'amour sans être ivres, ce fut si étonnant, si émouvant, si intime, que nous tombâmes aussitôt amoureux. Pour nous deux la connaissance intime était un sujet tabou. Elle nous effrayait tout autant l'un que l'autre.

L'idée de symétrie était si puissante que pendant de longues années je ne compris pas que la structure s'était gauchie. Je continuai à faire durer l'amour en pensant à des activités qui soient symétriques – des activités qui nous avaient occupés au début.

Je me débrouillai pour que nous recommencions. Pique-niques. Naissance. On revient toujours à des tropes anciens pour tenter de rester amoureux. Nous étions partis à Paris, la première année. Paris nous fit donc signe une nouvelle fois. Un doigt leste et crochu depuis tout là-bas, de l'autre côté de l'Atlantique.

Le hall de l'hôtel avait au plafond des poutres apparentes noires joliment séparées par du plâtre. On apercevait l'entrée d'une cave en pierre ayant autrefois appartenu à un monastère. Notre hôtel était décrit comme un établissement luxueux, mais notre chambre était un renfoncement sombre tendu de brocart, sous d'autres poutres pittoresques mangées aux vers qui chaque matin paraissaient s'être affaissées davantage.

C'était en 2000. Florian avait six ans et Riel quatre. Je voulais un autre bébé car c'est ce que font les gens quand ils ignorent qu'ils ne sont plus amoureux. Il arrive que l'enfant les rapproche, et dans ce cas ils ne soupçonnent pas un instant qu'ils ont été en danger. Je voulais aimer Gil, et j'avais la vague idée que je retomberais amoureuse de lui en tombant amoureuse de son bébé. Mais Gil ne voulait pas d'un autre enfant avec qui entrer en concurrence, et il me suspectait d'avoir arrêté la pilule. Il m'évitait. Refusait de me toucher. À Paris ! J'avais pensé que le lieu triompherait de tout cela. On attend tous beaucoup de Paris.

Catlin y avait perdu sa femme et son fils. Quantité d'Indiens sont enterrés dans cette ville. Il est difficile pour Paris de satisfaire tout le monde.

Un après-midi, j'avais refusé d'aller boire un verre en compagnie du marchand d'art de Gil. J'étais lasse de marcher. J'avais besoin de me plaindre. Je demanderais à la Vierge de Notre-Dame de donner une érection à mon mari. Après tout, la cathédrale était bâtie sur le site d'un ancien temple à Jupiter, et à cet endroit précis il s'était passé en tous points la même chose pendant un millénaire ou deux. Seuls les cierges et les pénis changeaient. Le cœur des femmes restait le même.

Il y avait foule, comme toujours. Je laissai tomber mes pièces dans la petite boîte en cuivre. J'allumai un cierge à la flamme d'une lampe votive et m'assis aux pieds de Marie sur une petite chaise en bois. Ce n'était pas la statue originale. Qui avait été détruite pendant la Révolution. Cette Vierge-ci était franchement fade. Je priai tout de même, mais implorai le bâtiment, qui paraissait avoir jailli du sol avec une force colossale. J'étais arrivée à pied par l'île Saint-Louis et la vue de l'arrière était à la fois charmante et grotesque, curieusement sexuelle, évasée et étayée comme deux créatures extra-terrestres sur le point de s'accoupler.

Je me signai et pivotai sur mes talons. En sortant, je croisai un homme agenouillé dans la nef, un homme un peu plus âgé que moi, et probablement ivre. Il n'était pas rasé et paraissait avoir pleuré. Il se leva et me suivit sur le parvis, puis derrière la cathédrale, sur l'île – un ancien pré à vaches devenu l'un des terrains les plus chers au monde – jusqu'au Flore en l'Île, un café baigné de lumière dorée, à l'autre bout du petit pont.

J'entrai dans l'établissement, m'assis près de la vitrine et passai commande à un serveur plein d'allant. L'homme de la cathédrale s'installa à une table de là. Le garçon revint très vite m'apporter mon café et versa dans la tasse une quantité précise de lait chaud et mousseux. Avec un moulinet du bras tout militaire, il se tourna vers l'homme de la cathédrale, qui me fixait de ses yeux surprenants. Quand je jetai un coup d'œil dans sa direction, il désigna la chaise libre glissée sous ma petite table. Le garçon s'arrêta entre nous et secoua la chaise, en me jetant un regard lourd de sens, comme pour dire : Dois-je la retirer et déjouer son plan ? J'observai de nouveau l'homme de la cathédrale, et demeurai immobile. Le garçon haussa les épaules et lâcha la chaise. Il hocha la tête quand d'une voix basse et éraillée l'homme commanda. Puis il nous laissa, et l'homme s'approcha et s'assit.

C'est épouvantable, songea Irene. Elle posa le stylo et l'agenda. Elle avait presque fini le vin. Je prends trop de plaisir à inventer cet homme, ce genre d'homme romantique et désabusé. J'ai oublié les rides lasses et sexy au coin de ses yeux. Il faudra que je les ajoute la prochaine fois que j'écris.

Elle rangea son agenda rouge dans sa cachette et remonta. C'était son tour de cuisiner, ce soir-là, et elle prépara une soupe de lentilles, crème fraîche, ail et noix de muscade. Il y avait du pain, une salade romaine garnie de petits croûtons de pain de seigle, des canneberges séchées et du fromage de chèvre. Elle continua à boire et devint de plus en plus gaie. Rien ne semblait l'atteindre. Tout le monde dîna calmement, et la soirée se déroula comme n'importe quelle soirée dans une famille normale. Les enfants firent le tiercé gagnant vaisselle/devoirs/au lit – et Gil se passionna pour une affaire politique commentée au journal télévisé.

Irene n'arrivait pas à chasser de ses pensées l'homme imaginaire qui à Paris l'avait suivie dans le café. Elle n'arrivait pas à empêcher des phrases, des expressions, des descriptions, de lui venir en tête. Plutôt que de lire avant de s'endormir, à pas de loup elle descendit au sous-sol et continua à écrire.

L'homme quitta sa place et vint en traînant les pieds s'asseoir en face de moi. C'était un individu banal, vraiment, jusqu'à ce que je voie ses yeux. Après les avoir vus, je remarquai tout en lui, comme la plupart des femmes, je suppose. Des yeux pareils sont une forme de malédiction pour un homme, me semble-t-il. Il est difficile de passer à côté d'un tel regard. Au début ce serait bien, comme être fabuleusement riche, mais votre vie risque de mal finir si vous n'apprenez pas à contrôler vos pires élans. On peut mourir de trop de gloutonnerie et de trop de drogues. On peut mourir de trop de sexe. Les choses peuvent paraître faciles, mais il n'en serait rien. J'avais l'impression que cet homme venait de vivre une de ces prises de conscience. Il n'était pas ivre, pourtant, ou du moins il ne l'était plus, et malgré sa démarche un peu gauche et zigzagante, il avait tous ses esprits et son attitude était digne. Il parut simplement curieux de me connaître, une fois assis. Il parlait anglais et remarqua que j'avais l'air d'une Américaine. Il demanda si j'aimais Paris. Je dis que j'aimais Paris, et il demanda pourquoi j'étais venue à Notre-Dame. Je lui avouai la vérité, que j'étais venue prier pour avoir un enfant. Puis je lui demandai pourquoi il était venu à la cathédrale. Avant qu'il ne me réponde, le garçon lui apporta son café et l'homme y mit du sucre, le remua et en but une gorgée. Je pensais qu'il allait me raconter un mensonge ou un truc ridicule. Mais il me confia qu'il avait cessé de croire en Dieu à l'adolescence, et que de ce point de vue-là rien n'avait changé. Pourtant, un mois plus tôt son frère aîné avait péri dans un accident de la route, et depuis il n'avait pas fermé l'œil. Si d'aventure il arrivait à s'endormir, précisa-t-il, il était toujours réveillé par son frère, qui avait été prêtre. Il ajouta que ces visites étaient perturbantes parce que son frère était mort sans se confesser. Maintenant qu'il était mort, le frère voulait se confesser. Chaque nuit, il racontait par le menu les péchés qu'il avait commis lorsqu'il était prêtre.

L'homme leva la main, comme s'il savait ce que je pensais. Il continua à parler.

Je me hâte d'ajouter que ce sont des péchés terriblement ennuyeux, des peccadilles, des peccadilles ridicules, le genre de choses qui moi, par exemple, ne me dérangeraient guère. Mon frère avait toujours été le plus sensible, mais ces péchés-là, ah !

Il me sourit, en se frottant le visage.

J'ai envie de lui dire : Mon frère ! S'il fallait que tu pèches, pourquoi n'as-tu pas tout bonnement péché ? Pourquoi n'as-tu pas commis un péché méritant d'être confessé ? Maintenant, dans l'au-delà, tu es hanté par des bêtises. Je voudrais que tu te repentes d'avoir connu une grande passion. Voilà qui vaudrait la peine de rester éveillé !

Cela dit, ajouta l'homme en haussant les épaules, mon frère en viendra probablement à bout. Il ne peut pas continuer éternellement. Un jour, je vais dormir pour de bon. Je suis venu ici pour prier – même si je ne crois pas en Dieu, je suis superstitieux – j'ai prié pour que mon frère soit absous et que je puisse me reposer.

C'est une requête inhabituelle, dis-je.

La vôtre n'est pas tellement inhabituelle, remarqua-t-il d'une voix douce.

Je reconnus que je m'en étais aperçue en priant. Je lui demandai s'il avait des enfants.

Une fille. Mais sa mère et moi… il mima d'un petit geste

une brindille qui casse… éprouvons quand même encore de l'affection l'un pour l'autre. Et ma fille, un bonheur. Vous avez… Il se tut.

J'ai un mari. Il est sorti avec des amis. D'un grand signe de la main, je montrai la Seine. J'avais mal à la gorge.

Il faut que je m'en aille.

Puis-je vous accompagner ? J'habite dans cette direction.

Je sortis un peu de monnaie de mon sac, mais il referma mes doigts sur l'argent et déposa le sien sur la table.

Vous êtes belle, dit-il, en me regardant bien en face.

J'étais assez près pour percevoir son odeur, une note de fond sombre et animale.

Un simple studio, aux grandes et longues fenêtres, une vieille table usée, une cuisine minuscule carrelée de bleu et de blanc. Les petites lampes de part et d'autre du lit étaient coiffées d'abat-jour roses. Il y avait des touches féminines, mais pas trace d'une femme. Une grosse chaîne stéréo et des CD partout, sur les tapis, le canapé en cuir. Il les empila pour ménager une place nous permettant de nous allonger, puis la pile se répandit avec fracas sur le sol, et il éclata de rire. Il y avait plusieurs ordinateurs alignés contre un mur. Des affiches et des programmes entassés ou posés contre des chaises. C'était un critique musical, probablement. Ou simplement un amateur de musique. Il s'assit, nu, sur une chaise de cuisine. Nous fîmes tanguer la chaise sur le sol glissant jusqu'à ce qu'elle finisse coincée contre l'évier. Nous restâmes debout contre la porte d'un placard, nous nous étendîmes sur le canapé. Il y avait des piles de livres, aussi. Des livres d'art.

Un volume de reproductions de Bonnard. Devant un Bonnard, le lendemain, au Centre Pompidou, je crois que j'ai pleuré. Il y avait une grande baignoire ancienne, profonde. Après, il me tint dans ses bras pendant une heure et je mémorisai les détails de la pièce. Les oiseaux et les feuilles d'un bleu éteint des rideaux. Des magazines sous le pied d'une table pour la redresser. Le tissu crème et soyeux de la couverture. Un miroir qui réfléchissait la lumière des phares dans les rues. Je savais qu'un jour j'écrirais tout cela. Nous nous levâmes. Nous nous habillâmes. Et je partis. Je ne pris pas son numéro de téléphone. Je ne l'embrassai pas non plus, avant de partir. Parfois, quand je regarde Stoney, je voudrais l'avoir embrassé. Je voudrais pouvoir le remercier.

En revenant de son appartement, dans le taxi, j'étais épouvantée, indécise, en paix. Comme un bébé, j'étais contente d'avoir cassé quelque chose. Je n'y voyais pas la symétrie, l'amour. Un bourdonnement vagabondait dans ma tête. Mais quand j'arrivai dans la chambre, il y avait Gil, inquiet, malgré le mot que j'avais laissé. L'air était maintenant très sombre.

J'expliquai simplement que j'étais allée à Notre-Dame allumer des cierges, et prier pour avoir un bébé. Je souriais en le disant, et voyais bien que Gil était conquis par le charme de mon histoire. Je voyais bien qu'il me plaignait, aussi, moi qui dévoilais mon désir avec tant de franchise. Il posa une main fraternelle sur mon épaule, puis se pencha. Sa main se referma et il m'attira plus près. Il m'embrassa, m'entoura de son corps, me souleva et me déposa sur le lit. L'excitation le saisit si brusquement que j'en fus troublée.

Je n'avais rien fait. C'était peut-être toute cette éducation catholique, songeai-je, et je faillis éclater de rire. Le pouvoir de Notre-Dame ! Un instant plus tard, je compris que c'était à l'odeur de l'homme aux yeux verts que mon mari réagissait, l'odeur de nos ébats l'avait excité. Voilà ce qu'a fait Gil pour que je cesse d'être amoureuse de lui. C'est arrivé le soir où Stoney a été fabriqué, conçu, pas quand il est né. C'était le début – je repoussai Gil. À partir de là, une solitude immense m'a enveloppée chaque fois que Gil me touchait.

Irene posa l'agenda. Elle avait mal aux épaules et aux hanches. Le sommeil lui piquait les yeux et son cuir chevelu s'était tendu de façon douloureuse, un chapeau trop étroit. Elle cacha le carnet, elle était presque arrivée à l'étage quand elle se souvint qu'au moment même où elle écrivait elle avait pensé qu'elle pourrait déchirer ces pages. Mais pourquoi le ferais-je ? À demi endormie, elle continua à gravir les marches, la main sur la rampe en merisier lisse et ronde. Gil me voulait en fonction du désir d'un autre homme. Lui-même ne le savait pas, mais c'était vrai. Voilà pourquoi il magnifiait ma sexualité dans les tableaux. Voilà pourquoi il titillait le spectateur en se servant de mon image. Il avait l'esprit de compétition. Il lui fallait posséder quelque chose que d'autres hommes voulaient, chez un homme c'est plutôt courant. Quant à moi, évidemment, je n'entrais pas du tout en ligne de compte. Un souvenir s'accrocha à elle au moment où elle pénétrait dans l'obscurité veloutée de la chambre à coucher. Un spectacle qu'elle avait vu. Un petit théâtre novateur de Minneapolis avait un jour mis en scène une extraordinaire scène de viol tirée de *Rashomon.* Un miroir était posé sur le sol. Un homme tombait brutalement dessus et baisait sa propre image. Dans l'ombre, la victime l'observait.

Je n'étais pas une victime, bien entendu ; j'étais passive. J'étais vaniteuse. Mais il tombait sur le miroir et faisait l'amour à sa propre image, chaque jour, chaque soir, à l'image qu'il avait créée d'une femme désirée par d'autres hommes. Je n'étais pas censée être cette femme, écrivit Irene le lendemain, malade comme un chien, souffrant d'une bonne gueule de bois. Je me déçois.

Gil, tout en haut de la gracieuse et solide bâtisse, contemplait la cime des chênes. Il ne voulait pas descendre ; il ne voulait pas lire le journal intime de sa femme ; il ne voulait pas être un type en colère, ni la supplier de l'aimer. Il voulait poursuivre son travail sur le tableau d'Irene, qui ne cessait de s'améliorer grâce aux chocs qu'elle lui avait infligés. Ils cédaient tous, à la longue. Idem pour celui-ci. Mais à un moment donné, il faudrait qu'il lise le journal d'Irene pour découvrir si elle était sérieuse lorsqu'elle avait prétendu que les enfants étaient tous de pères différents. C'était trop extravagant. Absurde. Trop méchant. Et pourtant, il était ravi de penser qu'elle avait troublé la psychothérapeute.

Irene l'appela du bas de l'escalier. Elle avait changé d'avis pour ce qui était des fêtes, semblait-il. Ils sortaient, ce soir-là. Ils devaient s'habiller. Il répondit qu'il arrivait, et attendit de l'entendre ouvrir les robinets de la baignoire. Cette manie exaspérante qu'elle avait de se prélasser dans ses éternels bains.

Pendant qu'elle était dans la baignoire, il descendit et sortit en hâte le journal de sa cachette. Après avoir lu les quelques premières lignes, l'effroi tangua en lui. Il vit où cela menait. Il passa en vitesse, fébrilement, sur les deux premiers hommes, puis l'écriture d'Irene ralentit et il fut avec elle, et avec cet homme, dans le café. Il les voyait. Il voyait tout. Quand ce fut terminé, il se planta les doigts dans les joues si fort qu'il fit couler le sang. Il lâcha l'agenda et commença à remonter l'escalier. À mi-chemin, il s'effondra et se cramponna à la rampe. Il se força à haleter, mais son souffle ne cessait de bondir hors de sa poitrine comme si on lui assenait d'énormes coups invisibles.

Qu'y a-t-il ? demanda Irene, du haut de l'escalier. Ça va ?

Oui, répondit Gil. Attends, je m'assois ici. Pour reprendre haleine.

Irene retourna dans la salle de bains et se tint devant la glace pour se maquiller. Son fond de teint s'appelait *Latte Love*. Elle l'étala avec soin sur les cernes violets qu'elle avait sous les yeux. Elle poudra ses paupières au blush, puis dessina des traits à l'eye-liner compact le long de ses cils. Elle appliqua un tout petit peu de mascara sur ses cils et ses sourcils. Elle passa du gloss prune sur ses lèvres. Qu'elle tamponna à l'aide d'un bout de Kleenex. Enfin, elle choisit un parfum dans une rangée de flacons que Gil lui avait offerts, une senteur qui n'était pas fleurie, mais amère, comme un sous-bois exotique à flanc de colline.

Tu es prêt ? cria-t-elle. Il occupait maintenant la salle de bains du rez-de-chaussée.

Non.

Dix minutes plus tard, elle frappa à la porte.

Nous allons être en retard.

Je me suis coupé en me rasant.

Elle resta avec Stoney, à lire un livre, jusqu'à ce que Gil soit enfin prêt.

Il tenait le manteau d'Irene quand elle descendit. La baby-sitter jouait à la bataille avec Riel, mais elle s'interrompit et monta prendre la relève auprès de Stoney. Irene jeta un coup d'œil à Gil et remarqua quelque chose dans son attitude de capitulation lasse qui l'interpella. Elle lança d'un ton jovial :

Je serai avec l'homme le plus séduisant de la soirée.

Riel, qui attendait que son père prononce cette phrase, jeta un regard étrange à sa mère avant de monter à l'étage. Gil s'avança derrière Irene et lui présenta son manteau ouvert. Il savait qu'il avait la mine d'un homme ayant reçu au ventre un coup de poing mortel, ou d'une victime de la grippe qui depuis des jours n'a cessé de vomir. Il avait la mine d'un pauvre fou, d'un imbécile hagard, d'un mari.

La porte claqua. Leurs parents étaient partis. Pelotonnée auprès de Stoney dans le lit du gamin, la baby-sitter lisait et relisait *Grandfather Twilight.*

Combien de fois Grand-père peut-il offrir cette perle à l'océan ? demanda Riel.

Florian et Riel entamèrent une partie de Halo 3 sur la Xbox secrète que Florian avait héritée d'un type riche de son lycée. Sa Xbox était crashée, et réparer l'anneau rouge de la mort était franchement hors de sa portée.

Grand-père offrira indéfiniment cette perle à l'océan, répondit Florian. Du moins jusqu'à ce que le Quark Charme s'endorme. Florian braqua le pistolet laser sur le Spartan de Riel et le désintégra. Je t'ai complètement dominée, annonça-t-il. Allez, on arrête.

Ils descendirent à la cuisine. Florian ouvrit le buffet bas où Gil gardait les bouteilles de vin, bien rangées sur des étagères festonnées. Il en sortit une.

Côtes du Rhône. N'importe.

Tu crois qu'ils le remarqueront ? demanda Riel.

Florian la regarda par en dessous. Il prit un tirebouchon dans le tiroir.

Viens, on monte sur le toit.

Ils attrapèrent des manteaux, des moufles, une carpette, et traversèrent l'entrée sur la pointe des pieds. La voix de la baby-sitter ronronnait gentiment. Elle avait dix-huit ans. Elle passerait le restant de la soirée à mettre un peu d'ordre et puis à rédiger un travail pour la fac sur son ordinateur portable, au rez-de-chaussée. Florian et Riel se glissèrent dans l'atelier de Gil jusqu'à l'échelle qui menait au toit. La trappe était dure à soulever. Florian coinça la bouteille dans la taille de son jean et ils réussirent à repousser la trappe sur le côté. Ils se faufilèrent dehors, franchirent l'espace plat et goudronné pour rejoindre la grande rangée de cheminées en briques, et posèrent la carpette. La nuit était glaciale et le vent soufflait fort. Florian ouvrit la bouteille et ils burent au goulot. Puis il sortit un joint et inhala deux fois. Riel tira une petite bouffée. Au-dessus du toit, dominant les deux étages, les chênes se tordaient et grinçaient. L'arrière de la maison donnait sur les échangeurs 394 et 94, le jardin de sculptures, la basilique, et encore plus loin la ville, solide et brillant d'un éclat ininterrompu.

Florian, c'est quoi la lumière, déjà ?

La lumière est un truc bizarre, il n'y a rien, pas de masse, mais elle est quand même courbée par la pesanteur. Elle se comporte comme une vague. Elle se comporte comme une particule. Comprendre ces deux aspects est humainement inconcevable. Ne crois pas que tu sois la seule. La lumière frappe un truc solide, elle ne passera pas à travers. La lumière c'est de l'énergie. Tu crois que papa et maman vont divorcer ?

Je n'en sais rien. Peut-être.

Moi, je crois que oui. Je crois qu'ils se détestent. Maman est la lumière, pourtant. Papa est une étoile à neutrons.

Comment ça ?

Tu sais, une étoile qui s'effondre tourne plus vite. Elle devient dense, attire tout à l'intérieur. Maman a du mal à s'échapper.

Le rayon de Schwarzschild.

Ouais ! T'as pigé. Florian but encore un coup et tendit la bouteille à Riel. Il était toujours content quand Riel se souvenait de quelque chose qu'il lui avait expliqué. Elle se rapprocha un peu, en frissonnant.

Tiens. Florian ôta sa grosse écharpe en laine tricotée et la drapa sur les épaules de Riel. Elle la ramena autour de son cou.

Je vais fumer une cigarette, annonça-t-il. Mais toi, tu n'as le droit d'avaler la fumée qu'une seule fois, d'accord ? Je ne veux pas te rendre accro à ces trucs-là.

L'herbe ne lui faisait rien, songea Riel. Ou peut-être presque rien. Tout paraissait bien. Archi normal. Le ciel au-dessus de Minneapolis flamboyait dans les tons orange et violet. La bande colorée au sommet du Target Center passa lentement du rouge au vert, pour Noël.

Qu'est-ce qu'ils vont faire de nous ?

Quark Charme, j'espère qu'il ne l'aura pas, dit Florian, en soufflant un jet de fumée qui fila devant le visage de Riel.

J'ai entendu maman parler à un avocat.

Sans blague, c'est encourageant.

Je crois qu'il vaut mieux qu'on ne change rien, écoute, nous savons comment nous y prendre avec eux, non ?

Je comprends ton point de vue. À propos, tu t'es fait des amis ?

Non.

Ils se mirent à rire.

Non, dit Florian. *Tienes* des *amigos ?* Pas un seul foutu copain ?

No, solo yo. Vas-y, sors les violons.

Il va falloir qu'on te trouve des collègues, Quark Top.

Ça m'est égal.

Mais non, c'est comme ça qu'on finit mal. Ça ne t'est pas égal. On est si seuls sur cette terre.

Ils burent chacun à leur tour. La bouteille était à moitié vide. Quand Florian eut terminé sa cigarette, il ralluma le joint et inhala un grand coup. Riel aussi, puis, comme la tête lui tournait, elle l'écarta d'un geste.

Ouais, dit Florian. On n'en sait pas davantage. Ce n'est que de la matière noire. À quatre-vingt-quinze pour cent. On n'est pas foutus de se prononcer.

Et toi, tu es quel genre de particule ?

Bonne question, Quark Top. Attends que je réfléchisse.

Florian fuma un instant, en suivant du regard le perpétuel mouvement des lumières.

O.K., ça y est. J'allais dire que je suis un tau, mais non. Je crois que je suis une particule inobservée. Je ne suis qu'hypothétique. Un électron a un sélectron. À chaque tau son stau. Florian chanta, à chaque muon son smuon.

Un smuon ?

Ils se mirent à rire, tentèrent de s'arrêter. Florian redémarrait à chaque fois que Riel disait : Smuon ?

Pour de vrai. Smuon.

Florian se leva et s'avança vers le bord du toit. Pour chaque muon, il y a un smuon ! Il chanta puis fit la pirouette sur fond de ciel, comme un danseur dans un vieux film en noir et blanc.

Riel éclata de rire et dit : Allez, reviens, Florian. Reviens. Mais il se tenait en équilibre sur le bord du toit. Il avançait et reculait en dansant, agitait les bras. Le toit ne tombait pas à la verticale. En dessous il y avait une mansarde à visière démodée, très en pente et couverte d'ardoises, des ardoises qui dégringolaient parfois avec fracas, mais ne se cassaient que si en bas elles heurtaient les marches. Elles étaient si lourdes qu'elles risqueraient d'assommer quelqu'un, avait dit maman.

S'il te plaît, Florian. Riel était plantée au milieu d'un tourbillon de lumières.

Florian, s'il te plaît ! cria-t-elle. Viens, ou je vais faire dans ma culotte !

Florian leva le pied comme s'il s'apprêtait à avancer dans le vide, mais pivota sur ses talons, toujours en dansant. Quand il arriva près de Riel, elle se cramponna à son bras sans mot dire.

Quoi ? Faut que t'y ailles ?

Elle resta silencieuse.

Florian s'assit à côté d'elle. Il alluma une autre cigarette. Ils finirent la bouteille. Riel claquait des dents.

Allez, dit Florian. Parle-moi.

Riel n'arrivait toujours pas à parler.

Excuse-moi, finit par dire Florian.

S'il te plaît, murmura Riel. Ne refais jamais ça. On est si seul sur cette terre, Smuon.

Florian lui tapota le bras.

D'accord, je ne suis peut-être pas un smuon, un smuon c'est trop dingue. Le boson W a un superpartenaire inobservé qu'on appelle un Wino. Je suis juste un Wino. *Wino,* comme poivrot.

C'est pas marrant, là.

D'accord, je sais. Je serai un WIMP. C'est une particule massive peu interactive. *Wimp*, comme mauviette.

C'est mieux, peut-être. Je me gèle. Viens, on retourne faire une partie de Halo.

Florian se leva, la bouteille vide à la main, et ramena brusquement le bras en arrière. Dans un arc tendu et élégant il jeta la bouteille par-dessus les arbres. Un instant plus tard, ils l'entendirent s'écraser dans la rue. Florian fixa Riel du regard jusqu'à ce qu'elle finisse par hocher la tête et dise : joli.

O.K. Quark Top, je joue contre toi, annonça Florian. Prépare-toi à un ravage.

Ha ha. Riel descendit l'échelle. C'est toi qui est ravagé.

J'ai toujours des réflexes au rasoir.

Des rasoirs émoussés, des rasoirs émoussés qui ne coupent pas.

Tu n'es pas beaucoup plus sur le fil du rasoir, Quark Top, tu as raté un échelon.

Je crève de faim.

On va se trouver de quoi manger. Ton dernier repas avant ton exécution, petite sœur.

Ton dernier repas, Puon.

Puon ! Ils descendirent l'escalier, passèrent en riant devant la baby-sitter.

Vous deux, vous êtes défoncés, remarqua-t-elle.

Ne dis rien, Ô belle femme perle de l'océan, lança Florian, avec un sourire en coin.

La baby-sitter sourit et se remit à taper sur son ordinateur.

Florian et Riel entrèrent en titubant dans la cuisine, entassèrent de la nourriture sur une plaque à pâtisserie. Ils remontèrent dans la chambre de Florian, mangèrent et firent des parties de Halo jusqu'à ce que l'effet de l'herbe et du vin se dissipe et que Riel ait sommeil. D'un pas mal assuré, elle partit se coucher de l'autre côté du couloir. Florian la suivit un peu plus tard. Riel s'était effondrée sur son couvre-lit. Florian prit une couverture au pied du lit, qu'il posa sur sa sœur. Puis il retourna dans sa chambre, s'assit devant son ordinateur et tapa le nom de son père.

Ce soir-là, quand ils furent rentrés de la fête et qu'Irene fut allée se coucher, Gil, agité, tendu, monta dans son atelier examiner le portrait d'Irene. L'atelier était glacial, comme si quelqu'un avait laissé les fenêtres ouvertes. Il enfila un vieux pull et se planta là, à regarder. Il avait bien réussi la vulve, songea-t-il. Il y avait de la bonté et de la sincérité dans ses coups de pinceaux. Évidemment, elle était soûle, elle n'en avait rien su, elle n'avait pas vu le tableau. Mais malgré ce qu'il avait lu, ce qu'elle avait fait, sa trahison, il ne lacéra pas la toile. Il se contenta de renforcer l'ombre sur son visage. Il ne se croyait pas capable de ne pas l'aimer, mais il pensa tout de même à tailler son pinceau et à se l'enfoncer dans le cœur comme un pieu.

Il avait si souvent contemplé la Lucrèce qu'il sentit la douleur immense de cette femme prendre forme sur son visage. Ses yeux s'écarquillèrent et s'emplirent de larmes. Sa bouche s'entrouvrit. Oui. Il comprenait.

Il se laissa tomber sur une chaise. Cela ne marcherait pas. Il y avait peu de chances pour qu'il réussisse à déployer assez de force, ou trouve la bonne trajectoire pour se tuer, et pourtant, quelle fin poétique. C'était apparemment irrésistible, et il se mit à tailler son pinceau le plus long et le plus cher à l'aide d'un cutter. L'aiguisage prit beaucoup de temps, et quand il planta la pointe dans chacune de ses paumes, du sang perla. Il le laissa suinter, puis pressa ses mains l'une contre l'autre jusqu'à ce qu'elles soient toutes les deux d'un rouge uniforme. Il signa minutieusement le tableau de l'empreinte de ses mains.

C'était le dernier portrait d'elle qu'il peindrait. Sa signature sanglante s'assombrirait, se fixerait sur la toile et finirait par valoir très cher, avec le temps.

En remontant des profondeurs de son sommeil, Irene sentit que quelqu'un l'observait. Arrivée près de la surface, elle comprit que c'était Riel. Elle ne fut pas étonnée, lorsqu'elle ouvrit les yeux, de la trouver à son chevet, immobile dans la lumière grise. Elle n'avait pas enfilé son pyjama, mais portait un jean avachi et un pull à rayures. Ses cheveux pendaient en broussaille autour de ses oreilles et son visage n'était encore qu'une tache floue. Ses yeux étaient tellement creux que tout d'abord Irene ne sut pas s'ils étaient ouverts ou fermés. Mais alors une voiture passa, emmitouflée de neige fraîche, et l'éclat de ses phares rebondit sur le plafond et les murs, rendant un court instant ses traits plus nets. Riel posait sur Irene un regard calme. Irene la dévisagea. Le poids de son regard lui était insupportable.

Irene se leva sans réveiller Gil, prit Riel par la main et la ramena dans son lit. Dès qu'elle fut allongée sous l'édredon bleu et rebondi, Riel ferma les yeux et sa respiration devint régulière. Elle paraissait avoir aussitôt sombré dans un profond sommeil. Irene resta auprès d'elle quelques instants, puis quitta la pièce sans bruit. En passant devant la chambre de Florian, elle remarqua la mince fente de lumière spectrale filtrant au ras du sol. Pensant qu'il avait oublié d'éteindre son ordinateur, elle poussa la porte et entra.

Florian était assis à son bureau, face à la lumière éblouissante. Surpris, il cliqua sur l'image qu'il regardait à l'écran pour la faire disparaître, mais derrière il y en avait une autre, et puis encore une autre derrière. Irene s'approcha. À première vue, elle crut que Florian regardait du porno. Mais quand elle fut plus près, elle s'aperçut que les images qu'il fermait en toute hâte étaient les premiers portraits d'elle que Gil avait peints.

Florian se détourna de l'écran. Maman ?

Va te coucher, dit Irene.

Florian mit l'ordinateur en veille. Irene resta derrière lui, puis le serra dans ses bras avant qu'il ne se mette au lit. Pour la première fois depuis des années, elle n'avait pas bu dans une soirée. Elle sentit l'odeur de vin dans l'haleine de Florian.

J'étais si jeune quand ton père a peint ces tableaux. Je t'en prie, ne les regarde plus.

Je comprends. C'est promis, dit Florian.

Irene vint plus près du lit. Elle prit la chaise de bureau et s'assit.

Tu as bu.

Florian ne laissa pas paraître sa surprise. Oui, reconnut-il. Cela m'arrive.

Irene hocha la tête. J'aimerais mieux que tu évites de le faire.

Moi aussi, j'aimerais mieux que tu évites de le faire, répliqua Florian. Son visage luisait dans la lumière venant de la porte. Il se redressa sur un coude. Il était mince et fort dans son tee-shirt noir.

Irene baissa les yeux vers ses mains. Ses cheveux tombèrent devant son visage et elle composa ses traits avant de repousser les mèches et de regarder son fils.

Il y a longtemps que tu bois ?

Deux ans, pas plus.

Et Riel ?

Elle ? Non. Elle est toute jeune.

Toi aussi. Pourquoi regardes-tu les tableaux ?

Florian s'allongea sur le dos et gémit. M'man. Il fixa le plafond. M'man. Bon, d'accord. Je les regarde parce que vous vous aimiez, avant. Et j'étais là. Je commence par regarder ceux de quand j'étais bébé. Et puis parfois les autres… certains sont moches, d'autres sont beaux.

Tu peux peut-être ne regarder que ceux-là.

Je ne sais pas pourquoi tu l'as laissé peindre les autres. Florian respirait vite maintenant. Tu aurais dû l'obliger à arrêter. Exercer un certain contrôle. Je ne sais pas pourquoi tu lui fais croire des trucs, pourquoi tu ne lui tiens pas tête. Pourquoi tu ne pars pas, tout simplement, en nous emmenant avec toi. Pourquoi tu n'es pas partie quand j'étais petit. Pourquoi ?

Le dernier mot était rauque, un cri discordant.

Irene chercha quoi répondre. L'expression de Florian se durcit jusqu'à ce qu'il fixe sa mère d'un air de mépris. Irene vit alors une belle et rigide variante de Gil, aussi tranchante qu'une lame de couteau.

Tu es faible. Tu es une *Weakly Interactive Mom Person*, un personnage maternel interagissant faiblement. Une WIMP. Florian lui lança un sourire forcé. Ne pleure pas. Il changea de voix, prit un ton gémissant et insinuant. Ça va aller. On va mettre un peu de glace sur ce bleu. Je veux dire, de glace dans ce verre.

Irene se leva et commença à sortir de la chambre à reculons.

Désolé, maman, dit Florian d'un ton glacial et las. Va donc boire un autre verre avant de te mettre au lit.

Le lendemain matin, Irene trouva son agenda ouvert étalé sur le sol, et sut que Gil l'avait lu avant de le laisser tomber sans même une pensée pour sa reliure. C'était déjà quelque chose – mais il n'avait rien fait, rien du tout.

Qu'attendait-il ? Que pouvait-elle tenter de plus ? Jusqu'où pouvait-elle aller ?

*Je t'en prie laisse-moi partir*, griffonna-t-elle sur la page blanche suivante. Elle laissa l'agenda où il était, bien en vue, en sachant qu'il ne le lirait jamais plus.

Tu sais, dit Irene, plus tard ce matin-là, je trouve que nous devrions parler à Florian et Riel des tableaux que tu as peints de moi. Les érotiques. Elle était sous le choc. La façon dont Florian lui avait parlé la laissait vaincue et hésitante. Elle ne cessait de repenser au temps lointain où il était petit et s'effondrait, se cramponnait à ses genoux, chaque fois qu'elle le déposait à la maternelle. Où elle était forcée de le détacher d'elle. Où elle restait ensuite dans sa voiture, les yeux pleins de larmes. Et maintenant elle se demanda : Mais pourquoi l'ai-je fait ? Pourquoi ne l'ai-je pas gardé avec moi du matin au soir ?

Nous devrions leur parler, parler à Florian, répéta-t-elle.

Désolé, dit Gil. Il refusait de la regarder. Je ne vois pas pourquoi. Attendons qu'ils le demandent.

Ils ne le demanderont pas.

Ils ne verront pas les tableaux.

Ils sont sur Internet.

Cela ne leur viendrait sans doute pas…

Si, justement. Je suis sûre que si. Les enfants les verront, Gil. Je trouve que nous devrions leur en parler. Nous devrions peut-être retourner voir cette psychothérapeute. Je viens d'appeler. Quelqu'un s'est décommandé.

Aucune envie. Elle ne m'a pas plu.

Nous ne lui avons pas plu.

Et c'est bon, ça ?

Même si nous ne lui avons pas plu, il y a certaines questions que nous devrions régler.

Avant de nous séparer ? Cela n'arrivera pas. Je ne pars pas. Tu ne pars pas. Personne ne sort d'ici vivant.

Qu'est-ce que ça veut dire ?

C'est une phrase d'une chanson, c'est tout.

13 décembre. 11 heures. La psychothérapeute, calme et aimable, était assise dans son fauteuil gris. Elle était neutre, ce qu'ils interprétaient comme de l'antipathie. Ils en avaient conscience tous les deux. Gil avait l'impression que la thérapeute le trouvait déplaisant, lui, surtout.

Vous avez un ravissant chemisier, lui lança-t-il. Cette couleur vous va très bien.

Merci, dit la thérapeute. Je me demande bien pourquoi vous jugez nécessaire de me faire des compliments.

Je cherche à vous plaire. Je cherche à vous rallier à ma cause pour réussir à sauver ma famille.

La thérapeute faillit sourire, mais se ressaisit et, impassible, se laissa aller en arrière dans son fauteuil.

Pensez-vous que ce soit mon boulot ?

En quelque sorte, dit Gil, songeur. Mais je ne trouve pas que vous le fassiez bien, que vous soyez un soutien, ni rien.

La thérapeute croisa les mains et son regard, impénétrable, se posa sur Gil. Elle se tourna vers Irene.

Irene, sauriez-vous pourquoi Gil a besoin de mon soutien ?

D'accord, je vois clair dans votre jeu, dit Gil. Mais à franchement parler, je ne sens pas votre soutien.

Moi non plus, dit Irene.

Ah bon ? Gil fit un petit geste en direction d'Irene.

Mais ça m'est égal, reprit Irene, d'un air grave. Elle avait dans les mains un grand gobelet de café. Moi, je n'ai pas besoin de son soutien. C'est toi qui en as besoin.

D'accord, dit Gil. Donc, j'ai besoin de son soutien ! *Moi*, tu sais, je me bats pour ma famille. Pour l'unité de notre famille.

La thérapeute lui lança un regard pénétrant, puis tourna les yeux vers Irene.

Gil parla à voix basse pour regagner son attention. Je voudrais repartir à zéro. Se pourrait-il que repartir à zéro soit le problème ? Irene a-t-elle du mal à repartir à zéro ? Irene craint-elle de repartir à zéro ?

Je ne vais pas repartir à zéro, assura Irene. Je suis repartie à zéro plus de mille fois. Tu ne t'en es jamais aperçu, jusqu'à ce que je décide d'arrêter. Je ne repartirai jamais à zéro avec toi. Je veux simplement que ce soit terminé. Je veux que tu me laisses partir. Allez, partage les enfants. Ne fais pas souffrir tout le monde.

Tu sais bien que je ne peux pas. Parce que je t'aime.

Pourquoi m'aimes-tu, en fait ?

Va te faire foutre, lança Gil. Il paraissait sincère, sans colère. J'aimerais mieux ne pas t'aimer. Mais je suis comme ça.

Il considéra ses genoux et eut l'air déprimé.

Irene, reprit-il au bout d'un moment, je croyais que tu voulais venir ici pour parler des tableaux, de mes tableaux de toi.

Laisse tomber les tableaux. Pourquoi ne pouvons-nous pas tout bonnement nous séparer, divorcer à l'amiable, ou en toute amabilité, comme les autres ?

C'est un mythe, Irene.

Ce n'est pas un mythe, si ? Irene fit appel à la thérapeute, qui ouvrit la bouche pour répondre, mais Gil parla le premier.

Je ne crois pas être le père des enfants. Je crois qu'Irene a laissé échapper la vérité lors de notre dernière séance, ou de notre première séance.

C'était notre unique séance, précisa Irene. Elle scruta le visage de Gil.

La thérapeute ne bougea pas, ne changea pas d'expression. Elle semblait imperturbable et les considérait tous deux avec le même intérêt.

Gil trouva son absence d'affect tellement bizarre et effrayante qu'il faillit les engueuler toutes les deux.

Pourquoi ne dites-vous pas quelque chose ?

Bon, intervint Irene. Je vais dire quelque chose. Gil, je t'ai expliqué que je plaisantais, et que c'était méchant, très méchant. Je me suis excusée. J'ai dépassé les bornes. Les enfants sont de toi, naturellement !

Le regard d'Irene vira à l'angoisse douloureuse. Elle se demanda si elle pouvait le coincer, là, devant la thérapeute qui ce jour-là paraissait autrement plus redoutable. Elle voulait piéger Gil et qu'il admette qu'il avait lu ses journaux intimes.

Gil resta bouche bée et secoua la tête, comme pour mieux y voir.

Irene ! Ce ne sont pas mes enfants, d'accord ? Je le sais.

Pour quelle raison le pensez-vous ? demanda la thérapeute. Ne croyez-vous donc pas Irene ?

Non.

Alors c'est une question de confiance, conclut la thérapeute. Irene, dites-vous la vérité ?

Évidemment ! Je reconnais que c'était difficile à pardonner, ce que j'ai raconté, mais ce n'étaient que des mots, Gil.

Que des mots ? Irene, tu as laissé échapper la vérité et maintenant tu fais machine arrière. Dis-moi la vérité.

Ce sont tes enfants.

Non.

Je vous en prie, calmez-vous, intervint la thérapeute. Laissons de côté, pour le moment, la question des enfants, et tâchons de trouver la source de ce manque de confiance mutuel.

Oui, dit Irene, pourquoi n'as-tu pas confiance en moi, Gil ?

Nous devrions peut-être envisager de pratiquer des tests de paternité, lança-t-il, avec un sourire aigre.

C'est nul, protesta Irene. Je trouve cela odieux. Prendre du sang. Ils ont horreur des piqûres.

C'est un test ADN. Un simple tampon dans la bouche. Ce n'est pas une affaire, Irene.

Irene roula des yeux. D'accord, Gil. Je ne vois pas d'objection à ce qu'on ajoute un test de paternité au bilan de santé qu'ils passent régulièrement. Au moins, ils seront préparés.

Gil laissa tomber son visage dans ses mains.

Oh, merde. Oui, parfait. Tu imagines un peu ? Nous

fréquentons deux des médecins qui exercent dans ce domaine.

Toi, tu les connais. Moi, je ne connais personne.

Ma pauvre. Tu imagines un peu le qu'en-dira-t-on ?

Irene éclata de rire. Oui, surtout quand il s'avérera que chacun est d'un père différent.

Continue. Le visage de Gil s'empourpra et il serra les dents. Continue, Irene.

Quoi ?

Trois pères différents.

Hé, c'était une blague ! Une blague lamentable dont je m'excuse une fois de plus. Ils sont de toi, Gil.

Non.

Cette histoire commence à me fatiguer, confia Irene à la thérapeute. Pouvons-nous passer à autre chose ?

Gil, demanda la thérapeute, pouvons-nous passer à autre chose ?

Non.

Gil attrapa une poignée de Kleenex qu'il plaqua sur son visage. Il sanglota, un sanglot profond, sec, haletant. Il parla à travers les mouchoirs en papier qui voletaient.

Elle n'est pas digne de confiance et je ne la crois pas.

Je ne t'ai jamais trompé, assura Irene.

Il écarta les mouchoirs en papier. Il avait le visage rouge et bouffi. Sa queue de cheval impeccable se dénouait. Des mèches de cheveux gris pendaient autour de ses oreilles.

Là, tu me trompes. Je ne le crois pas, je le sais.

Pourquoi ? demanda la thérapeute.

Pourquoi ? demanda Irene à Gil. Pourquoi ? Comment peux-tu prétendre cela de moi ? Tu es fou ! Où est ta preuve, Gil ? Elle le piqua du bout de son doigt. Elle était impérieuse, cinglante, son épais maquillage lui donnait des allures de sorcière. Arrête de lancer des accusations et laisse-moi partir. Séparons-nous. Et cela ira mieux.

Non. Pas question.

Pourquoi ?

Il ne répondit pas.

À cause des tableaux, Gil ? Ce sera sans importance. Cette histoire sera absorbée par les tableaux. Tu l'as dit. L'art absorbe tout. Je continuerai à poser pour toi, si tu veux.

Gil lui lança un regard de mépris désespéré. Tu te crois peut-être indispensable à mon travail ? Hein ? J'irais mieux sans toi, Irene. Gil baissa les yeux vers ses mains et secoua la tête, impuissant et abattu.

Écoute, Gil. Elle parlait d'une voix douce. Si tu crois que les enfants ne sont pas de toi, il n'est pas possible que tu m'aimes. Tu ne devrais pas m'aimer. Tu ne devrais même pas vouloir vivre en ma compagnie. En notre compagnie. Pourquoi ne me laisses-tu pas partir, puisque je suis si peu digne de confiance ? Pourquoi ne me laisses-tu pas emmener les enfants, puisqu'ils ne sont pas de toi ?

Le visage d'Irene était à nu, soudain rempli d'espoir. Elle effleura le bras de Gil. Il leva les yeux et cessa d'un coup de s'apitoyer sur lui-même. Il était fasciné. Il fronça les sourcils, concentré. Son corps se tendit vers elle. Pendant un long moment, il resta sans parler. La pièce était silencieuse. Il cligna des yeux. Il la regarda en battant des paupières.

Je vois, finit-il par dire. Oui, ça y est, je vois ! Je pige. Il hocha la tête, se carra sur son siège, baissa les yeux vers elle avec une grimace moqueuse et admirative.

Oui, oui. Bien joué.

Irene sentit des picotements dans sa nuque.

Gil lissa ses cheveux en arrière, épousseta sa chemise. Ses larmes disparurent. Son visage devint brusquement neutre, froid.

Vas-tu nous dire à quoi tu penses ? demanda Irene.

Je ne crois pas. Gil lui lança un petit sourire affectueux et crispé. Tu *es* vraiment maligne, Irene. Beaucoup plus maligne qu'on ne croit. Tu m'as vraiment eu.

Je vous en prie, expliquez-vous, demanda la thérapeute. Parce que, moi, je ne vous suis plus.

Je ne crois pas que nous ayons à nous expliquer vis-à-vis de vous, dit Gil. Vous n'êtes qu'une sorte de bureaucrate. Vous n'êtes que le stupide catalyseur. C'est elle. Il agita le doigt en direction d'Irene, en souriant largement. C'est elle. Ses yeux luisaient d'admiration. Elle m'a fait marcher. Elle m'a bien fait marcher. Sa voix enfla.

Calme-toi, recommanda Irene.

Gil agita de nouveau le doigt dans sa direction. Dis, quand l'as-tu su ? Quand as-tu commencé à avoir des soupçons ? Depuis combien de temps me mènes-tu en bateau ?

Irene se sentit un creux à l'estomac, mais ne put s'empêcher de réagir à l'admiration de Gil.

Oh, oh, Irene, il y a un sourire là-bas tout au fond. Allez, tu es fière de toi. Tu le sais bien. Allez… il lui toucha le bras.

Irene, s'enquit la thérapeute. Que vous arrive-t-il donc ? On aurait dit que sa voix tombait vers Irene du haut d'un puits.

Irene, gardez le contact avec vous-même, recommanda la thérapeute.

Gardez le contact avec vous-même, ricana Gil. Les yeux d'Irene étaient rivés sur le visage de son mari. Elle s'était déjà mise à rire, et rit bientôt si fort que sa gorge se bloqua et qu'elle suffoqua. Elle se leva, chancelante. Elle dut laisser Gil l'aider.

Tenez bon, lança la thérapeute, qui se leva en même temps qu'eux mais demeura sur place.

Doublez donc ma facture, dit Gil, chaque minute en valait la peine. Il guida Irene, toujours secouée de rire, vers la sortie, et lui fit passer la petite porte latérale. Irene ne réussit qu'à remuer les doigts au moment où la porte se refermait.

Ils tentèrent tout du long, jusqu'à la voiture, de ravaler leur rire, qui ne cessait de s'échapper en grommellements et en grognements. Une fois dedans, ils explosèrent. Ils hurlèrent de rire. Impossible de se retenir. Gil revint en roulant au pas. Ils pénétrèrent main dans la main dans la maison vide. Les enfants ne rentreraient pas de l'école avant des heures. Irene se plaqua contre Gil. Il la saisit par le bras et elle monta l'escalier avec lui. Il la débarrassa de son manteau quand ils entrèrent dans l'atelier. Ils ne riaient pas, maintenant. Il ferma la porte derrière elle, prit rudement son visage dans ses paumes, et l'embrassa. Il mit sa langue dans sa bouche et leur baiser se fit plus profond. Mais Gil s'arrêta, recula, et lança à Irene un regard inquisiteur.

Alors, quand as-tu su ? Quand as-tu commencé à avoir des soupçons ? Son ton avait quelque chose de très intime.

Au rez-de-chaussée, les chiens se mirent à aboyer. Irene sursauta, tourna les yeux vers la porte.

Ce n'est rien, dit Gil.

Elle avança le bras. Il s'en saisit et détacha la main d'Irene de la poignée de la porte.

Irene. Nous allons en discuter. Nous allons nous expliquer. Ce sera notre petite séquence vérité. Nous allons tout nous dire.

Elle avança de nouveau le bras. Gil détacha de nouveau sa main de la poignée. Elle recommença une troisième fois, et d'une tape il repoussa son bras.

Irene !

Elle ne bougea pas. Elle se frotta le bras. Je ne vois pas de quoi tu parles, dit-elle.

Mais si. Tu savais depuis le début que je lisais ton journal. Tu le savais, non ? Voilà pourquoi tu as écrit ces trucs-là. Pour me faire souffrir, pour prendre ta revanche, pour me manipuler. Tu me tenais ! Mais je m'excuse. Je ne le ferai plus jamais.

Quoi ?

Lire ton journal.

Soudain, Irene lui lança un regard pareil à celui qu'elle lui avait lancé le matin où Stoney était né, quand il avait voulu jeter un coup d'œil à la télévision. Un masque était tombé, avait-il pensé ce jour-là. Mais cette fois-ci, c'était pire. Elle se redressa et parut grandir jusqu'à le dépasser. Une énergie obscure striait l'air. Elle montra les dents. Le blanc de ses yeux apparut tout autour des iris. Elle irradiait la haine.

Tu lisais mon journal ? Depuis combien de temps ? Combien d'années ? Depuis le début ?

Tu ne le savais pas ? Tu n'as pas écrit ces trucs-là pour me faire souffrir ?

Bien sûr que non, murmura-t-elle. Elle lui effleura le bras, et s'écarta de la porte.

Ce soir-là, ils avaient promis d'emmener les enfants au bord du fleuve gelé, voir le feu d'artifice d'hiver. Les gens se pressaient tout le long des rives. Ils arrivèrent tard et Gil, dans un élan de fièvre et de désespoir, insista pour qu'ils se faufilent à l'avant de la foule, franchissent la barrière de sécurité puis descendent sur la berge jusque dans la neige instable, sur laquelle il étala une courtepointe en rabattant l'enchevêtrement nu et maigrelet de vigne et de salicaires. Ils s'assirent avec précaution sur la couverture, en enfonçant leurs talons chaussés d'après-ski dans le tissu, ou en calant leurs pieds dans la masse des broussailles pour éviter de glisser. La langue de terre qui avait été Spirit Island, où les fusées étaient disposées et prêtes à être mises à feu, s'étendait face à eux ; le spectacle commença aussitôt, faisant pleuvoir des torrents de feu gélifié si proches que les enfants frémirent, excités, et gardèrent pour toujours le souvenir de cette soirée comme étant celle où Florian avait trouvé le chat, mais aussi celle du plus beau feu d'artifice qu'ils aient jamais vu. Il y avait deux spectacles, en vérité, un qui emplissait le ciel, et son reflet exact dans la glace lisse du Mississippi. Le bouquet final fut une fusillade d'étincelles et d'explosions qui les ravit et les assourdit un peu, et, alors qu'ils restaient assis encore un moment, à lamper du chocolat chaud sorti de la thermos au goût métallique d'Irene, et à manger des poignées de fruits secs puisées dans un sachet qu'elle avait apporté dans son sac, ils faillirent ne pas l'entendre. Puis Stoney poussa un cri perçant. Une bête lui avait frôlé les jambes.

Irene le hissa jusqu'à elle, en pensant à des rats, mais au même moment Riel aperçut la silhouette et Florian tendit la main. Le chat maigrichon s'évapora, mais resta là dans la neige sombre, à gémir.

Bon, lança Irene, d'un ton brusque. Allons-nous-en, maintenant. Laissez-le.

Non ! Florian était déjà à quatre pattes.

Il a faim, dit Riel. Il va geler.

Tiens ! Stoney se pencha et tendit ses cacahuètes à bout de bras.

Nous voilà partis, annonça Gil, en tirant sur Riel.

Mais Riel, qui d'habitude aurait plié docilement, ou se serait raidie au contact de son père, se retourna avec une rage froide et le poussa de toutes ses forces. Surpris, Gil trébucha et partit en titubant dans un entrelacement de plantes rampantes qui lui bloquèrent les pieds. Il s'écroula, mais fut trop choqué, puis trop gêné, et même trop distrait par son sentiment d'impuissance, pour frapper. Il se releva pesamment, sans rien dire. Déjà, Riel avait ôté l'écharpe en tricot de Florian pour attraper le chat. Florian passa la main derrière la tête de l'animal, le souleva par la peau du cou et le ramena contre sa poitrine. Celui-ci commença par souffler et cracher, mais il était visiblement soulagé qu'on le prenne dans les bras, et quand Florian l'eut emmitouflé bien serré, sous l'écharpe, il se calma et vint se blottir encore plus près. Les enfants savaient qu'Irene n'aimait pas les chats, mais qu'elle se retrouverait impuissante devant quelque chose qu'ils désiraient autant que cet animal.

Bien qu'aucun membre de la famille n'ait vu Riel pousser son père, tous devinèrent aussitôt que l'opinion de Gil ne comptait pas.

Pose-le par terre, ordonna Irene. Mais Florian n'obéit pas. Non, il lui lança un sourire de défi et dit : Oh, maman, vas-y, touche-le. Il ronronne.

Irene se moquait bien de se laisser influencer. Elle voulait que Florian se remette à l'aimer.

Dès qu'elle tendit la main, les enfants surent qu'ils pourraient garder le chat, ils s'agglutinèrent autour de Florian et, à tour de rôle, palpèrent le doux vrombissement montant du corps affamé et tigré du chat.

En rentrant du feu d'artifice, Gil s'arrêta dans une pharmacie Walgreens ouverte 24h/24 et Irene acheta des produits pour chats. À la maison, Florian installa la caisse à litière au sous-sol et laissa l'animal gratter dedans. Il l'emporta dans son lit. D'un air grave et raide, celui-ci longea les oreillers, flaira l'un, puis l'autre, en fixant Florian de ses yeux jaunes d'extra-terrestre. Il s'installa enfin par étapes progressives sur l'oreiller proche de la tête du garçon, et un crépitement doux et irrégulier démarra dans sa gorge. Florian se tourna sur le côté et l'observa, sans le toucher, puis petit à petit ferma les paupières.

Ce soir-là, Riel était allongée dans sa chambre, sur ses couvertures, dans le noir, les yeux fixés au plafond. Elle sentit de nouveau monter en elle la violente surprise qui l'avait parcourue avec la rapidité de l'éclair quand le corps de son père avait cédé, quand celui-ci avait trébuché et qu'il n'avait pas rendu coup pour coup. Elle était montée droit dans sa chambre et ne s'était pas encore déshabillée, de peur qu'il ne prenne conscience de ce qui s'était passé et ne vienne l'arracher à son lit. S'il montait la chercher, elle serait prête. Mais quand la maison devint silencieuse, sans qu'il ne se soit rien passé, elle se mit à respirer, à respirer lentement. Elle remonta son gros édredon sous son menton. Ses yeux et sa gorge se mirent à picoter, et soudain son visage fut mouillé d'émotion. Si elle avait réussi, si elle lui avait ôté son pouvoir, alors elle était vraiment très seule, et responsable de tous les autres.

Irene emmena le chat chez le vétérinaire le lendemain, et apprit qu'il avait des vers, trois autres sortes de parasites, plus des puces, des tiques, une conjonctivite aiguë contagieuse, et peut-être même une infection pulmonaire. La note du vétérinaire s'éleva à presque mille dollars. Gil demanda : pourquoi l'as-tu payée ?

Qu'aurais-tu fait à ma place ?

Ils se retournèrent. Florian était entré dans la pièce, son chat jaune dans les bras.

Il s'appelle Schrodinger, annonça-t-il.

Ah, fit Gil, comme le personnage des Peanuts ?

Non, dit Florian. Là, c'est le Schrodinger avec un tréma. Le physicien. Tu n'as jamais entendu parler du dilemme de Schrödinger ?

Ce que c'est prétentieux, remarqua Gil. La seule vue du chat le mettait en rage. Tu es vraiment un petit con prétentieux !

Florian caressa le chat, enfouit son visage dans sa fourrure, puis regarda sa mère et haussa les sourcils.

Irene respira à fond. Florian s'en fut avec le chat.

Ça suffit, dit Irene. Sors de cette maison.

Sortir de ma maison ? Gil se mit à rire. Irene, tu exagères. Je croyais que nous étions censés nous soutenir l'un l'autre, être unis, un couple réuni autour des enfants, au moins. Je croyais que c'était censé être la conduite salutaire.

Les yeux d'Irene s'emplirent de larmes, elle entortilla ses mains dans son corsage. Va-t'en, c'est tout, dit-elle encore.

Non, toi va-t'en ! Gil écarta les bras. Toi, va-t'en ! Toi ! Il tournoya. Mon travail l'a payée. Mon sang ! Il frappa dans ses mains et lui montra ses paumes.

Irene tressaillit et ne bougea pas.

Quoi que tu aies pu te faire aux mains, finit-elle par dire, tu dois quand même t'en aller.

Oh, susurra-t-il d'une voix feutrée et dangereuse, je suppose que tu crois parler sérieusement. Il s'immobilisa, comme retenu par cette pensée. Là, debout, un désir très fort, plein de nostalgie, le saisit. Il tendit les bras, tomba à genoux et dit dans un souffle :

Je veux simplement que tu m'aimes. J'ai l'impression d'étouffer dans ma peau. Je suis si seul sans toi, Irene. Touche-moi, s'il te plaît, touche-moi.

Irene s'écarta.

Oh, non, fit Gil.

Elle s'approcha de lui, posa sa main sur ses cheveux et se mit à les caresser. Il passa ses bras autour d'une jambe d'Irene, tint cette jambe avec beaucoup de douceur, puis posa son front sur le côté de son genou.

Irene ferma le poing. Elle lui assena sur la tempe un coup si violent qu'il faillit tomber à la renverse.

Elle resta figée sur place. Son poing pendait sur le côté, un poids qui picotait.

Gil se redressa, s'accrocha de nouveau à sa jambe, prit

le poing d'Irene dans le creux de sa main. Il baisa ses doigts repliés.

Elle poussa un cri et se libéra d'un geste brusque. Riel était entrée dans la pièce.

Papa va bien ? demanda-t-elle. Remplie de crainte, elle baissa les yeux vers son père. Elle avait tout vu.

Gil, ordonna Irene, lève-toi. D'une secousse, elle détacha le bras de Gil entourant sa jambe et s'avança vers Riel.

Pardon, dit celle-ci à sa mère, puis elle tomba en avant et enfouit son visage dans le corsage d'Irene. La tête de Riel lui arrivait pile sous les seins. Quand elle l'entourait de ses bras, elle n'avait plus besoin de se pencher. Gil se releva et Irene sentit les bras de Riel la serrer plus fort, mais Gil quitta l'entrée sans bruit et passa dans la cuisine. Elles l'entendirent ouvrir le buffet, puis il y eut le bâillement froid de la porte du réfrigérateur, le petit bruit des glaçons dégringolant du distributeur, le liquide tombant goutte à goutte. Elles entendirent les pas de Gil monter vers son atelier.

Maman, dit Riel, le visage toujours caché et la voix assourdie, ne divorce pas.

Elles restèrent ainsi dans la haute lumière des fenêtres anciennes et bombées. Riel respirait tout contre le cœur de sa mère. Ses bras maigres étreignaient la taille d'Irene, se rejoignant à l'arrière. Il flottait une odeur puissante de grand air, de neige et de soleil dans les cheveux de Riel.

J'y serai peut-être obligée, dit Irene. Je t'assure.

Non, dit Riel.

Je pense…, dit Irene.

Non, dit Riel.

Mais peut-être..., dit Irene.
S'il te plaît, dit Riel.

Gil prit la voiture pour se rendre auprès de sa Lucrèce, mais c'était l'après-midi et il y avait une classe de jeunes étudiants dans la salle. Du coup, il alla voir *La Salle à manger à la campagne*, un tableau peint par Bonnard en 1913. Une porte d'un bleu éclatant s'ouvre vers l'intérieur. Les murs sont d'un orange foncé intense. Le paysage exhale une forte lumière et la femme du peintre regarde dans la maison, penchée sur l'appui de la fenêtre. C'est le printemps. Les feuilles commencent à se former sur les branches.

Un cordon de velours officiel, placé devant le tableau, empêchait les spectateurs fascinés de trébucher et de tomber dans la toile. Gil resta derrière.

Toute sa vie, Bonnard avait peint de petits moments, intimistes, un enfant jouant dans un tas de sable, des chiens ou des chats attentifs aux plats posés sur la table. Et il y avait Marthe. Son petit corps sinueux, l'idéal de Bonnard. Il l'avait peinte indolente après l'amour, chatoyante et rêveuse dans son bain, regardant par la fenêtre, à côté de cette porte bleue qui s'ouvrait vers l'intérieur. De l'avis de beaucoup, c'était une mégère grincheuse, et pourtant Bonnard l'avait aimée de tout son art. À cause de la guerre, son monde s'était rétréci. Il avait perdu sa femme. À cette époque-là, il avait peint un autoportrait que Gil trouvait à la fois insupportable et héroïque. Dans ce tableau de lui, seul, fragile, âgé, scrutant le miroir de la salle de bains, Bonnard avait employé toutes les couleurs. Ses yeux étaient très creux, omniscients, fixes. Toutes les couleurs dont il s'était servi dans sa vie étaient là dans cet autoportrait. C'était une représentation de l'esprit concentré de l'artiste, le moi se dissolvant avec lassitude dans la lumière et la couleur inlassables. Il était aussi chauve qu'un œuf, et pourtant son crâne nu était encore caressé çà et là par un peu d'éclat, un zeste de soleil.

Ensemble, à Paris, Irene et Gil avaient contemplé ce portrait et, pour des raisons différentes, ils avaient pleuré.

# TROISIÈME PARTIE

*15 décembre 2007*

Irene était assise dans la voiture, devant la maison. Les papiers du divorce étaient réunis par un trombone dans une enveloppe ordinaire posée sur le siège à côté d'elle. Elle avait laissé les enfants en compagnie de May. Un des chiens posa les pattes sur le canapé installé près de la fenêtre et la regarda, les oreilles dressées.

Tu sais, dit-elle, pas vrai ? Elle soutint le regard du chien.

Elle appela en entrant dans la maison, et le son de sa voix était normal et rassurant.

Je suis au téléphone, répondit Gil, d'en haut.

Elle attendit assise à la belle table de la salle à manger, le bois faussement vieilli, criblé de faux trous de vers, chaque imperfection cirée et creusée comme par des générations de dîners en famille. Une fourchette traînait encore sur la table. Irene piqua légèrement le bois. Le miroir qui autrefois effrayait Florian parut trembloter sur le mur, peuplé d'ombres endormies.

J'attends toujours, cria-t-elle dans l'escalier, au bout d'un moment. Il l'avait oubliée. Il y eut un jaillissement désordonné de paroles, puis des adieux.

Alors, de quoi s'agit-il ?

Il était prudent, sur ses gardes. Ils s'étaient à peine adressé la parole le jour d'avant.

Assieds-toi. S'il te plaît. Veux-tu bien t'asseoir ?

Il aperçut l'enveloppe.

Qu'est-ce que c'est ?

Irene le lui dit.

Un sourire s'épanouit, il pencha la tête sur le côté, attentif, ses mains empoignèrent la chaise. Il s'affaissa. Terrassé. Il tomba à genoux. Il resta agenouillé un moment, puis se releva comme si de rien n'était, chassa les chiens hors de la pièce et ferma la porte.

Non, dit-elle, laisse les chiens ici.

Bon, c'est un dossier de divorce. En voilà une surprise.

Il le répéta, en s'essuyant le visage. Il tendit les mains en avant, vers Irene. Elle s'écarta. Derrière la porte, les chiens se mirent à aboyer. Une rougeur envahit petit à petit le cou de Gil, le bord de ses oreilles. Monta derrière ses lunettes.

Je suis absolument désolée, lâcha-t-elle, alors qu'elle s'était promis de ne pas le dire.

Vraiment ? Vraiment ?

Il tendit les bras. Agita les mains vers les documents.

Reprends-moi ça !

Il portait une chemise en jersey rouge foncé et Irene fut ébahie, en le frôlant, quand elle tenta de passer devant lui pour ouvrir la porte, de découvrir que l'étoffe était trempée. Comment faisait-il ? Tout son corps pleurait quand il pleurait. Il l'entoura de ses bras avec précaution, puis les referma sur elle jusqu'à ce qu'il la tienne si fort qu'elle pouvait à peine respirer.

Je m'en fiche, de lui, dit-il d'une voix sifflante, dans les cheveux d'Irene. Je m'en fiche, d'eux tous. Quant aux papiers, c'est non. Je ne les signerai pas. Tu ne partiras pas.

Elle tenta de se débattre pour lui échapper, mais il la renversa lentement dans un tacle maladroit. Il pleurait de façon déchirante, ses plaintes et ses gémissements faisaient penser à des racines d'arbre qu'on arrache.

Je m'en fiche d'eux, je m'en fiche, psalmodia-t-il, en resserrant son étreinte. Coincée sous lui, elle tenta de se dégager en se tortillant, poussa, s'agita, lui donna des coups. C'était comme lutter avec un grand canapé capitonné. Il s'était fait énorme, indifférent.

Il porta son poids sur le bras qu'il avait posé en travers de la poitrine d'Irene, lui coinça les jambes avec les siennes. De l'autre main, il fit descendre le jean d'Irene sur ses hanches. Les chiens grattèrent à la porte. Elle chercha à le griffer, mais il ne sentit rien. Il lui écarta les jambes en s'aidant de ses genoux, et puis, toujours en pleurant, se mit à la caresser. Elle tenta de se tenir à distance, figée. Mais il cessa de pleurer et laissa sa colère affluer dans la gorge d'Irene. Il roula le jean d'Irene en boule au-delà de ses genoux, scruta son visage un moment, plein de haine, puis la pénétra de force tout en la poussant par terre. Il ne jouit pas avant de lui avoir tapé la tête contre le mur, et elle ne jouit pas avant un moment, quand elle se fut traînée à l'étage. Elle entra dans la salle de bains, verrouilla la porte et se déshabilla. Resta là, debout, hébétée ; au bout de quelques minutes elle se fit couler un bain et se glissa dans l'eau. Seule, environnée de vapeur brûlante, au creux de la baignoire elle jouit tant de fois qu'elle en attrapa une crampe dans la main et se mit à rire.

Que se passe-t-il là-dedans ? demanda Gil, derrière la porte, d'une voix tendre.

Il n'était peut-être rien arrivé, songea-t-elle, en laissant de nouveau flotter ses hanches vers sa main. Comment vais-je expliquer mon syndrome du canal carpien au chirurgien spécialiste de la main ? Je le mettrai sur le compte d'un mémoire écrit de bout en bout au stylo. Je dirai que j'ai rédigé une centaine de brouillons.

Si seulement il pouvait mourir, songea-t-elle, au moment où il frappait doucement à la porte.

Je monte du champagne, annonça-t-il. Si tu déverrouilles la porte, je le pousserai sur un plateau. Je te promets de ne pas entrer.

Je n'en veux pas.

Mais si, tu en veux. Du champagne frais, dans un bain chaud ? Bien sûr que si.

Oui, songea Irene. J'en veux. Mais peut-être qu'il va me tuer, me noyer. Ou peut-être qu'il va brancher le sèche-cheveux et le jeter dans la baignoire. Peut-être qu'il va me taillader les poignets et simuler un suicide. Ce ne sont que des trucs auxquels penserait une femme paranoïaque.

Écoute, dit-il. Je vais attacher une ficelle au plateau. Tu pourras le tirer vers toi. Je n'entrerai pas.

Elle sortit de la baignoire, déverrouilla la porte, puis retourna dans l'eau. La porte s'entrouvrit et il lui lança un bout de ficelle, poussa le plateau à l'intérieur – la flûte à champagne était couchée sur une petite serviette. Sur le plateau il y avait un seau à glace contenant une bouteille ouverte, une serviette en tissu drapée autour de la bague. À côté, un petit bol en argent rempli de caviar posé sur un lit de glace pilée, un autre de crème aigre, et une pile de crackers. La porte se referma. Irene contempla l'ensemble. En fait, songea-t-elle, il simule mon suicide. Là. La ficelle était fixée à la poignée du plateau, elle tendit la main, en saisit l'extrémité et le tira vers la baignoire. Quand le champagne fut assez près, elle attrapa la bouteille par le goulot. Une volute de brume montait de sa bague. La bouteille était élégante et coûteuse. En verre épais de couleur verte. Les caractères bruns et impeccables de l'étiquette, richement ornés, avaient un air de fête. Elle tint la bouteille transpirante par le col. Elle avait toujours pensé que lorsqu'elle arrêterait vraiment de boire ce serait un acte suprême de volonté, exigeant d'interminables préparatifs psychologiques. Mais non. Sa main pencha la bouteille. Irene regarda le champagne, pâle et froid, sec et doré, couler sur ses seins.

Le déni vole en éclats comme du verre. Au pied de l'escalier menant à son atelier, Gil songea : Nous allons faire un petit voyage tous ensemble. Nous irons au Mexique. Nous trouverons des billets sur Internet. Un charter. Ce sera une surprise pour tout le monde. Je vais leur offrir ça. Elle ne peut pas le refuser aux enfants. Il arriva au sommet de l'escalier. Le chat, Schrodinger avec un tréma, la mine sérieuse, était assis sur la dernière marche. L'animal était grand et élancé, jaunâtre, et dans ses yeux brillait un silence doré. Gil n'avait jamais eu de chat et les trouvait hypocrites, étranges. Que le chat s'assoie tranquillement à l'entrée de son atelier lui donnait la chair de poule. Il n'avait pas sa place ici, et pourtant il le défiait d'un air malsain. Ils se dévisagèrent tandis que Gil gravissait les marches. À un moment donné, leurs yeux arrivèrent au même niveau et Gil ressentit un choc de terreur, comme dans un rêve. Il poussa un cri. Le chat bondit. Il sembla disparaître, emporté tel un spectre de théâtre. Gil n'avait pas la moindre idée d'où il était parti, et se rendit compte qu'il frissonnait lorsqu'il entra dans son atelier. Il referma la porte derrière lui puis se recroquevilla sur son lit de repos, les yeux rivés à la fenêtre. Il ramena sur lui la couverture d'un vert somptueux sur laquelle Irene avait posé, mais ne parvint pas à se réchauffer. Ses dents claquaient. Je suppose que c'est le choc, songea-t-il. Elle ne m'aime plus depuis longtemps. Je n'y peux rien. Je suis incapable de m'occuper des enfants. Ils vont me quitter et emmener les chiens. L'horrible chat.

Une obscurité accablante monta de sous les plinthes ; elle sortit pesamment des murs, descendit par bouffées du plafond. Il ignorait que l'air pouvait être si lourd. Il ferma les yeux et fut précipité dans une scissure ténébreuse qui se resserra jusqu'à ce qu'il ne puisse plus bouger.

Irene entendit Gil marcher de long en large à l'étage audessus, la première nuit, et elle ferma à clé la porte de la chambre. Elle savait que dans son atelier Gil avait de quoi manger, de l'eau, des litres d'alcool, des toilettes. En fait, s'il voulait il pouvait vivre là-haut. Le lendemain matin, elle téléphona à May et lui raconta tout.

D'où sors-tu, Irene ? De Planet Stupid ? Il t'a violée. Appelle la police et fiche le camp.

Je n'étais pas vraiment, je… tu peux garder les enfants encore une nuit ?

Non.

Alors je vais venir les chercher.

Écoute, Irene, évidemment que je vais les garder.

Tu es furax contre moi.

Irene, appelle la police.

Je ne peux pas lui faire ça.

Pffff ! Ça me donne envie de te flanquer une dérouillée, moi aussi !

May raccrocha.

Irene vit passer des ombres blanches devant la fenêtre, tombant l'une derrière l'autre. Elle sortit. Gil avait jeté dehors six tableaux, deux sur toile, quatre sur de lourds panneaux de bois. Les portraits d'elle avaient atterri sur une neige épaisse et n'étaient pas abîmés. Elle les emporta un à un dans le garage. Au moment où elle soulevait le dernier, un tintement se produisit à côté d'elle. Gil avait jeté une bouteille de vodka vide. Elle leva les yeux et esquiva une masse indistincte. Une autre bouteille atterrit tout près sur sa gauche. Elle courut se mettre hors d'atteinte et fit le grand tour pour ne pas passer sous les fenêtres de l'atelier. Le lendemain matin, il y avait quatre bouteilles vides dans la neige, leurs cols nus joyeusement de guingois. Plus tard, il y en eut cinq, puis six, et arrivé le soir elle avait cessé d'entendre Gil bouger. Elle frappa à la porte de son atelier. Il ne lui avait jamais donné de clé. Elle posa la main sur la porte et cria son nom.

# QUATRIÈME PARTIE

## *26 décembre 2007*

AGENDA ROUGE

Les enfants prenaient les choses trop bien, se comportaient avec une joyeuse indifférence. Il fallut la mort de Boule de Neige, le cochon d'Inde, la veille de Noël, pour les abattre. Tout de même. Non seulement ce petit animal blanc était le cochon d'Inde de la classe, donc emblématique, telle une sorte de petit totem tribal, mais c'était le grand amour de Stoncy qui fut choisi comme par les dieux, sorti de la masse ordinaire des élèves du cours préparatoire, pour le ramener à la maison pendant les longues vacances d'hiver, où tout peut arriver.

La veille de Noël. Toi à l'hôpital. Moi soulagée que tu sois hors de danger, et parti. Pendant un moment, je ne me préoccupai pas de savoir si je t'avais rendu fou. Je n'en avais pas le temps. Je ne compris pas que tout était lié à toi, organisé, rattaché. Les amarres coupées, nous dérivons. Pris de vertige, nous trimballons de la nourriture et mangeons ce que nous voulons, quand nous voulons. Nous nous couchons tard. Nous campons à côté des chiens dans des sacs de couchage. À un moment donné, je sais qu'il faudra que je prenne les commandes, établisse les règles, fixe des limites et revienne à une routine, mais pas encore. Le temps de la paix et du chaos est arrivé et nos enfants commencent à me parler. Ils m'ont toujours parlé, mais là ce n'est pas pareil. Je suppose que moi sans un verre dans le nez ce n'est pas pareil. Ils me disent tout. Ils oublient que je suis là. Ils parlent à longueur de journée de leur sous-culture follement compliquée – Florian est obsédé par la matière noire, et Riel raconte un film de sorcières pour ados que je ne me souviens pas lui avoir permis de regarder, où des gamines plantent leurs dents dans les veines de profs de gym sadiques et mangent des cochons d'Inde frais – et maintenant ?

Supposons que tu sois à ma place ?

Le cerveau d'une mère est un monceau de déchets où subsiste le guano culturel des âges de chacun de ses enfants. Une couche jaune et visqueuse, compostée à la base, de plumes de Big Bird et de cheveux de Barbie coupés à l'aide de ciseaux Crayola, de vieux feutres au corps en plastique et de jeux de cartes Titi, de minuscules chaussures, sacs, ceintures, dessous chatoyants et patins destinés à Barbie, et puis de trucs en bois plus politiquement corrects, de poupées en bâtonnets de glace à l'eau et de cubes, peints, de toutes les formes, de chevaux de bois et de dangereux osselets qui vous transpercent les pieds et de ballons en caoutchouc rouge et de chevaux miniatures et de grands chevaux en plastique tant convoités et de Playmobil et de Legos et de figurines de films d'action et de jouets mathématiques et de jeux de labyrinthes et de puzzles provenant d'au moins douze douzaines de boîtes et de peluches – tigreserpentéléphantarantulesingecochongirafetortueaigle – et de merveilleuses dînettes en porcelaine qui existent dans tous les styles de décors et de petits meubles et de petits miroirs, de restes des figurines de collection de Mon Petit Poney et de Max et les Maxi Monstres et du Dr Seuss et de tous les jouets des Happy Meal de chez McDonald et puis, voilà, le tout est compacté avec un mortier de bonbons des vieilles fêtes d'Halloween et transformé en un solide soubassement de connaissances enfantines.

Mon esprit est un panier à jouets rempli de menues babioles cassées.

Mais cet après-midi là, en tout cas, cette fichue fin d'après-midi de veille de Noël, avant la soirée où je tente d'empêcher l'euphorie de déborder – May et sa généreuse compagne arrivent chargées de cadeaux, avec sur leurs talons le lévrier qu'elles ont sauvé. Nous laissons le chien roux clair parcourir les lieux de son pas élégant et buvons une tasse de *tchaï* quand soudain nous entendons des cris épouvantables – résonnant dans toute la maison –, des bruits de cochon d'Inde traumatisé, ce qui venant d'un animal silencieux et inoffensif est vraiment atroce à entendre.

Nous savons aussitôt qu'il s'est passé un truc affreux. Et voilà le chien qui sort à pas de velours de la chambre de Stoney, le cochon d'Inde dans sa belle et longue gueule de lévrier. L'arrière-train puissant et souple de l'animal frémit tandis qu'il nous regarde et cherche notre approbation puisque, mais oui, c'est à cela qu'il a été entraîné, *n'est-ce pas*[1] ? Enfin, sa mine dit : N'ai-je pas pourchassé une de ces bestioles toute ma vie ? Nous crions contre lui, récupérons la boule de fourrure hurlante et la cachons aussitôt dans les bras de Stoney, qui à son tour, avec un regard de totale confiance, me remet l'animal.

1. En français dans le texte.

Ce matin, comme tous les matins, je me sentais tout à fait abandonnée dans l'univers. Je goûtais au plaisir de cet énorme apitoiement sur moi-même, et j'avais peur. Ma joie avait été petit à petit pénétrée par le sentiment que j'étais l'unique adulte responsable de trois enfants compliqués et innocents, qui, à leur tour, avaient petit à petit commencé à comprendre que leur père ne reviendrait pas avant longtemps, que ce soit pour les terroriser ou les sauver. Quel serait le résultat ? Ils se tournaient vers moi, ils séchaient sur la question.

Ma mère me manquait, c'était un chagrin incessant. Mais puisque je ne pouvais pas lui mettre le boulot sur les bras, je commençai à imaginer qu'une autre Irene, quelqu'un de plus fort et de plus sain, entrait dans la chambre et me disait de me rendormir. Elle prendrait les choses en main. Je savais qu'il m'était impossible d'accomplir toutes ces tâches sans boire. Accompagner les enfants à l'école. Passer voir ton conseiller médical. Appeler les avocats. Ramasser ce qui traînait. La maison était soudain devenue sauvage. Il y avait du bazar partout. Ordures. Recyclage. Des casiers de vieilles bouteilles à l'embouchure assoiffée et décapsulée. Au fond, je savais que c'était moi qui devais m'en charger, bien sûr. Pourtant, tous les matins de la semaine passée, après ton départ, j'ai demandé de l'aide à ma mère, qui ne pouvait pas me répondre, et puis j'ai fait semblant d'être l'infirmière Irene.

L'infirmière Irene arrivait, prenait la relève avec calme et efficacité, et laissait la véritable Irene pleurnicher sous ses couvertures.

Calme-toi, lançait l'infirmière Irene, d'un ton patient et

vaguement agacé. Bois ce laudanum, je les accompagnerai à l'école.

Ensuite, comme chaque matin, je me levais et m'efforçais de réveiller les enfants dans le froid intense d'un Minnesota noir comme le fer – pour aller à l'école – rire dément – lancée à la recherche de chaussettes propres et de cols roulés assez larges à l'encolure, et des moufles, des livres, des devoirs. Tous ces trucs qu'une mère normale qui ne boit jamais une goutte, et dont les enfants ne sont pas tour à tour hystériquement joyeux et furieusement tristes, a de toute façon du mal à trouver. Je tenais bon, rayais les heures nous séparant des vacances.

*Oh infirmière Irene, ma tartine grillée est devenue toute froide et toute dure. S'il te plaît, remporte-la !*

Je tiens donc le cochon d'Inde pelotonné contre mon ventre à la façon dont on réchauffe une victime d'hypothermie – parce que bien qu'indemne à l'extérieur, la petite femelle est prise de convulsions. Ses dents de rongeur sont serrées. Ses yeux doux et bêtes sont fermés et virent au bleu tout autour. Elle est commotionnée. Museau glacé. Mauvais signes. Mauvais présages. Nous nous sommes glissées sous un édredon de plumes et je lui envoie toute mon énergie parce que le plus effrayant c'est que Stoney croit simplement et avec ferveur qu'une fois cet animal dans mes bras, il ira bien. Je supplie mentalement : *Boule de Neige, oh, Boule de Neige, ne meurs pas*. Tu comptes beaucoup pour plein de gens en cette nuit des bêtes sacrées. Ta petite vie en ce monde est bien difficile, je le sais, mais doit-elle finir ainsi ? Oui, j'ai entendu dire que certains des élèves de CP te laissent tomber par terre, ou te serrent trop fort. J'ai entendu dire que tu as tendance à leur faire tes crottes sur les genoux. Et maintenant ce lévrier, sauvé sur le cynodrome de l'injection mortelle, après avoir pourchassé des petites bêtes toute sa vie en a finalement attrapé une, et c'est toi. Et plutôt que de recevoir des caresses, ah le brave chien, il encaisse le choc et l'aversion des dominants. C'est une erreur, ma jolie, cela n'aurait pas dû arriver. Mais abandonner tout ce qui est précieux et parfait par la plus belle des nuits ? Faut-il qu'il en soit ainsi ? Si ce n'est pour toi, petite bestiole à la douce fourrure, alors je t'en prie pour mon tendre fils continue à vivre, et gambade. Gambade ! Mais je la sens qui perd l'étincelle de la vie, et je sais précisément quand Boule de Neige meurt.

Et à ce moment-là je me dis que j'ai quand même beaucoup de chance parce que j'ai une carte bancaire qui n'a pas encore atteint son plafond, que j'ai un annuaire comprenant des pages jaunes et une section animaleries, qu'il est quatre heures de l'après-midi la veille de Noël et non pas cinq heures, et que malgré le cochon d'Inde mort lové au creux de mon aisselle et les moins trente qu'il fait dehors, tu m'as poussée l'automne dernier à mettre une batterie neuve à ma voiture et qu'elle démarrera.

Calmement, très calmement, je m'adresse aux enfants.

Chers enfants, leur dis-je, nous devons partir en quête d'un compagnon pour cajoler Boule de Neige et la ramener parmi nous parce qu'elle est commotionnée. Des yeux, je fais signe à Florian et Riel. Ils me répondent de la même manière. Nous ne disons pas mort, pas encore, pas avant d'avoir une autre petite vie dans cette maison. C'est surprenant avec quelle promptitude ces trois-là, dont l'un ne sait pas s'habiller tout seul pour aller à l'école, et le plus âgé méprise toute forme de ponctualité, peuvent se préparer, s'emmitoufler frénétiquement, quand il s'agit d'aller chercher un nouveau cochon d'Inde. Vêtus de manteaux, de bottes et de gants aux rayures éclatantes, nous voilà dehors. May, Bobbi et le lévrier s'en vont l'épaule basse, moroses, vers le réconfort d'une fête normale. Je laisse Boule de Neige dans sa couverture de poupée sur le sèche-linge à tambour, chaud, parce qu'on ne sait jamais – qui est la résurrection et la lumière ? Qui comprend la physiologie des animaux vivant dans les écoles ?

Tout cela semble trop dur sans une bouteille de quelque chose, n'importe quoi, même ce vieux flacon de liqueur aux herbes que j'ai laissé s'écouler goutte à goutte dans l'évier il y a deux jours, et pourtant de sincères partisans du programme en douze étapes m'ont assuré que nous pouvons supporter ce que l'on nous jette par pelletées sur le dos. Il y a là une sorte de plan – que voici : Dieu ne nous donne rien que nous ne soyons assez forts pour porter.

Pas moi. Heureusement que j'ai l'infirmière Irene.

Donc tout en me demandant, ainsi que je le ferai chaque jour de ma vie, comment je vais bien pouvoir me débrouiller sans boire un coup, je décide que nous allons pour de bon trouver un nouveau cochon d'Inde et que cette fête de Noël se poursuivra, puisque même les animaux doivent parler.

Nous avons décollé. Ils sont en train de fermer le magasin de cochons d'Inde, mais nous faisons irruption avec des cris de désespoir et de l'argent, et le voilà, oh, le voilà. Couleur d'abricot mûr. Cannelle. Parsemé de petits pans de fourrure crème. *Peachy boy. Spice boy. Totoro Baby.* C'est le nôtre. Nous le ramenons chez nous dans une boîte en carton, sur les genoux éperdus d'adoration tranquille de Stoney, et une fois à la maison, une fois arrivés, la mort de Boule de Neige, bien que triste, n'est pas dévastatrice. Car la vie bourgeonne. Tout autour de nous. Dans le calme. Dans la chaleur. Dans l'air à la pomme de pin du Christ venant au monde.

Boule de Neige. Boule de Neige. Cochon des cochons. Je suis coupable. Gil. Tu as soutenu que tout était kitsch. Le critique musical français avec ses piles de CD était kitsch. Donc, je m'en aperçois maintenant, vraisemblable. Moi-même je ne suis pas loin de croire à ce critique musical français, en plongeant mon regard dans les yeux verts de Stoney – ses yeux rayonnant de joie grâce au petit animal posé sur ses genoux. Vais-je te répéter à présent que tu es le père de tes enfants ? Certainement. Mais la supercherie, selon moi, était absolument inévitable. Il fallait qu'il se passe quelque chose. Que l'un de nous deux devienne fou. Et comme tu le vois, peut-être bien que je craque aussi. Pourtant je remercie le petit Jésus de ce qu'en rentrant dans cette maison avec un cochon d'Inde vivant et (je vérifie) un autre sur le sèche-linge, raide mort et enveloppé dans une couverture de poupée, lèvre fendue de cochon d'Inde retroussée sur des dents osseuses, nous sommes néanmoins en présence de l'étrange forme de grâce que même les cyniques nomment amour, et il me revient que tu travaillais dur et que tu étais dévoué et que tu emballais tous nos cadeaux de Noël dans des papiers originaux et utilisais une règle pour les mesurer et collais aux cadeaux extravagants et enveloppés à la perfection des flots de rubans de soie véritable ou des fleurs dont les feuilles étaient en satin et que tu nous aimais, détraqué par la colère, que tu te haïssais, détraqué par la vanité, et que tu nous aimais. À la folie. Avec méchanceté. Mais l'amour c'est l'amour. Et que tout cela s'est entremêlé pour que par la plus sacrée des nuits profanes je puisse appeler ton numéro confisqué et murmurer au téléphone : Je t'en prie ne te suicide pas. Continue à vivre. Supporte.

Quand ils sont entrés dans ton atelier en fracturant la porte, ils ont découvert que tu t'étais presque empoisonné en buvant la vodka qui restait de la fête – toutes les bouteilles en bas dans la neige qui m'avaient ratée. Mais tu n'es pas mort. Alors continue à vivre, Gil. Supporte. Parce qu'on ne pourra jamais te remplacer et que te suicider équivaut à n'avoir jamais à avouer que tu regrettes. Non, non. L'amour suppose que tu t'accroches résolument à la vie. L'amour suppose que tu sois là pour encaisser. Tes enfants, même l'aîné sarcastique, jouent avec leur nouveau cochon d'Inde et attendent que celui qui a trépassé ressuscite en cette nuit de pardon. J'ai mis celui qui a péri dans le sèche-linge, le poil bien bouffant et chaud, en pensant que c'est peut-être une réanimation cardio-pulmonaire pour un cochon d'Inde qui n'a pas succombé à des blessures, mais qui est mort de peur, oui, les crocs refermés sur lui ont arrêté son petit cœur comme le font les mensonges. Continue à vivre. Continue à vivre. Je t'appelle, je suis l'infirmière et je t'apporte cette tasse de bouillon chaud et je te demande de la boire.

# CINQUIÈME PARTIE

Fin mai. Gil était revenu s'installer à la maison la semaine précédente, et à l'occasion du week-end de Memorial Day la famille s'entassa dans la plus grosse des deux voitures et roula quatre heures pour se rendre à Bayfield, Wisconsin. La glace avait fondu vers la fin du printemps et l'eau du Lac Supérieur était trop froide pour nager. Là, en attendant le ferry de Madeline Island, Irene sourit pour la première fois, et Florian ôta les écouteurs de son iPod et embrassa calmement du regard les éclats de soleil jouant à la surface du lac glacé.

Je ne crois pas une minute que tout va bien se passer, dit-il, les yeux posés sur l'eau.

Tout ça c'est de la matière noire, Puon, répondit Riel, en songeant à son livre.

Stoney laissa son père le prendre dans ses bras, Riel s'affala à côté de sa mère, Florian remit ses oreillettes et déroula la liste de morceaux jusqu'à In Utero. Ensemble ils regardèrent le grand bateau blanc venu de l'île approcher du quai.

La demeure qu'on leur prêtait avait été construite, au fil de nombreux étés, par un homme qui avait vieilli en mettant la dernière main à une maison pourvue d'une grande cheminée en pierre. Il s'était servi de planches de granges, de bois flotté, de matériaux de récupération biscornus. Les poignées de portes étaient en bois de cerf, en bobines, en branches courbes et polies. Près du grand appontement sommaire et battu par la pluie et le vent, le rivage était rocheux, mais il y avait sur un côté une petite plage et une demi-lune de sable fauve. Si tôt dans la saison, alors que le bois flotté s'était amoncelé tout au long de l'automne et de l'hiver, il y avait des amas de détritus intacts à fouiller. Les enfants bâtirent des cabanes de planches courbes, de racines gris argent, et Irene bâtit un foyer. Ils s'asseyaient là au crépuscule, à regarder les flammes transparentes. Gil et elle faisaient presque tout sans se parler. Le silence entre eux était une façon d'essayer. Gil était devenu très maigre et laissait pendre ses cheveux longs. Il ne ressemblait pas à l'homme qu'il était l'année d'avant, ni à l'homme qu'elle avait épousé. Il ne ressemblait à personne qu'elle ait déjà vu.

Elle l'avait prévenu qu'il n'y aurait pas de rapports sexuels entre eux. C'est fini, dit-elle. Il se passera des années avant que je ne te laisse coucher avec moi. Ou me peindre. Il eut l'air perplexe, et songea qu'elle était étrangement à côté de la plaque pour croire que ces choses-là pouvaient encore l'intéresser. Quand il avait arrêté de boire, il avait arrêté de manger, et quand il avait arrêté de manger, il avait arrêté de vouloir quoi que ce soit. En fin d'après-midi, quand son énergie flanchait, il dormait ou restait assis immobile et prêtait attention aux bruits et aux sensations fugaces. Il avait commencé à vivre dans son corps, qu'il avait toujours détesté parce qu'il lui faisait honte – en désirant trop Irene, mais pas comme il fallait en quelque sorte, ou parfois en préférant la peindre plutôt que faire l'amour avec elle. Il avait méprisé son corps à cause de ses appétits assommants, de sa hargne réflexe ; de sa fureur mesquine, annihilante. Mais maintenant il était indifférent. Il observait son corps avec un tendre regret. C'était une chose que son esprit devait traîner derrière lui.

Le troisième matin, il était allongé sur une serviette et faisait inlassablement couler un filet de sable chaud entre ses doigts. Seuls les insectes les plus légers avaient éclos, des mouches féeriques que la brise emportait. Le soleil était d'un somptueux rouge sang à travers la peau de ses paupières. La voix de ses enfants, absorbés dans leur travail de construction, s'élevait et redescendait au rythme des vagues. Loin au large, il y avait les cris rauques des mouettes. Exister dans son corps, tellement à l'aise, à cet instant-là. C'était le meilleur moment de sa vie.

Gil se leva et s'approcha de ses enfants. Florian repoussa ses bras ouverts et Riel se figea quand il lui caressa les cheveux. Il embrassa le front chauffé par le soleil de Stoney et le laissa retourner à ses jeux. Puis il s'enfonça jusqu'aux cuisses dans l'eau claire et sauvage. Ses pieds étaient déjà à demi engourdis quand il plongea, absorba le choc, et se mit à nager. Derrière lui, les chiens aboyaient, inquiets. Il irait aussi loin que possible. Nager quelques minutes devrait suffire à faire chuter sa température corporelle à un niveau dont il ne se remettrait pas. D'abord, il parut danser sur les vagues transparentes ; puis soudain ses bras se transformèrent en battes de plomb. Bientôt ils seraient impossibles à soulever. Les enfants se précipiteraient vers

Irene. Elle comprendrait ce qu'il était en train de faire, et les empêcherait d'assister au dénouement. Elle appellerait les sauveteurs pour ramener son corps. Irene. Il songea à sa lugubre interprétation de la chanson *Le Naufrage de l'Edmund Fitzgerald. La légende se perpétue depuis les Chippewas… le lac, dit-on, ne restitue jamais ses morts…* il se mit à rire, s'étrangla, et comprit que son cerveau ralentissait. En faisant du sur-place, il se retourna pour jeter un dernier coup d'œil, et il l'aperçut.

Irene se tenait debout sur l'appontement argenté, la main levée, elle attendait. Elle cria son nom, cria encore, il fit alors docilement demi-tour pour revenir vers elle en battant des jambes, mais il avait beau se démener, il paraissait rester au même endroit. Il voyait ses bras monter et tirer sur l'eau, mais ne les sentait pas, il continua pourtant, et quand il regarda devant lui elle était là, qui l'attendait, alors il s'élança, et elle était toujours là, et puis encore, quand il regarda, et il lutta pour avancer, plus près, encore, en allant vers elle, jusqu'à ce qu'enfin il la voie entrer dans les vagues.

# RIEL

Après que notre mère est entrée en barbotant dans le lac et puis s'est jetée à l'eau et a commencé à nager, nous l'avons regardée un moment, hésitants. Ensuite l'un de nous a poussé un cri et tous – Florian, Stoney, et moi, Riel – nous nous sommes rués dans le froid coupant comme un rasoir. Il a tranché notre respiration. Stoney n'a pas pu aller bien loin et je suis sortie de l'eau à grand-peine avec lui, tellement engourdie que j'étais incapable de penser, et tremblais affreusement. Florian est allé plus loin, mais lui aussi a fini par abandonner. Là-bas, maman avançait toujours, en nageant la tête hors de l'eau, comme un chien. Elle ne s'est pas retournée, n'a pas fait de signes pour montrer qu'elle nous avait remarqués. Elle allait vers lui, voilà tout. Quand elle a rejoint notre père, il avait coulé, mais nous avons vu ma mère l'empoigner par la tête et faire demi-tour, en le tirant par les cheveux. Le bras de maman était tendu hors de l'eau et elle battait des jambes, en revenant à la nage indienne. Il flottait derrière elle. Nous sommes restés plantés au bout de l'appontement. Elle retournait vers nous – un jour, elle nous avait montré comment on sauvait quelqu'un ; connaissant la technique, nous avions cessé de crier. Puis elle a disparu.

D'abord, nous avons cru qu'elle nageait sous l'eau. Mais alors les chiens se sont mis à aboyer différemment. Un son étiré, très proche du braiment des animaux sauvages, qui nous a fait une impression terrible. Stoney a poussé des cris perçants et j'ai sorti le téléphone du chemisier de maman, là où il était posé sur sa chaise, et j'ai composé le 911, le numéro d'urgence.

Quand Florian a dégringolé la pente au lycée, a lâché les études, puis est devenu accro à tout ce qu'il a essayé – alcool, herbe, cocaïne, meth – la sœur de maman, May, notre tante maintenant, l'a envoyé en cure la première fois. Ses profs de lycée l'ont aidé la seconde fois. À présent, il est à la fac. On se parle. La dernière fois, il m'a raconté qu'il avait recommencé à expliquer l'univers, et a ajouté en riant qu'il s'était cramé un peu trop de neurones et qu'il trouvait les cours difficiles. Il a recommencé à étudier la matière noire et la supersymétrie. Il a dit qu'en termes humains, parfois, une supersymétrie brisée – comme son cerveau, notre enfance, ou le visage humain – peut être la solution la plus élégante, ou du moins la plus utile.

Solution à quoi ? ai-je demandé.

Mais il s'est contenté de sourire, une incisive noire et de travers.

Stoney s'en est bien sorti. Il a fait ses études à Hawaï, et j'ai entendu dire qu'il est à Molokai et veut peut-être s'installer là-bas. Je ne sais pas trop comment. Il ne nous parle pas souvent, à moi ou à Florian. Il n'aimait pas vivre dans une famille nombreuse, mais moi si. Nous avons grandi dans la famille de May et de Bobbi – nous avons été adoptés selon la tradition et j'ai des frères, des sœurs, une vingtaine de cousins et de cousines, et ce sont eux tous, en gros, qui m'ont élevée. Ce qui s'est avéré être une bonne chose, je crois. J'ai aussi découvert que c'est nous, les Indiens d'autrefois, nous qui assistons encore à la danse du Soleil, aux cérémonies, qui parlons dans la langue des anciens et nous servons encore des savoir-faire du passé si cela nous chante, sans en faire tout un plat.

Quant aux chiens, si c'était un film, ils seraient encore vivants. Je n'ai pas écrit leurs noms parce que si quelque chose est sacré, c'est bien eux. Le comprenez-vous ? Moi, je ne sais pas trop, mais c'est comme ça. Boule de Neige, ou une de ses versions, vit encore probablement dans l'ancienne salle de cours préparatoire de Stoney. Schrodinger s'est vu offrir un comprimé d'acide et a fini dans un collecteur d'eau pluviale. Florian se l'est toujours plus ou moins reproché.

Il y a deux ans, juste après avoir passé ma licence à l'université du Minnesota, et avant d'entamer ce cursus d'écriture de troisième cycle, j'ai eu vingt et un ans. Le jour de mon anniversaire, le notaire chargé de la succession de mes parents s'est présenté chez nous. Gerald Oberfach est un personnage rond et débonnaire à la voix haut perchée et enrouée, pas du tout le genre que l'on prendrait pour un notaire coriace. Mais il s'est démené pour nous protéger pendant les années qui ont suivi la mort de nos parents. Nous l'appelons Ober tout court.

Ober est entré et a demandé si nous pouvions nous asseoir pour discuter, seul à seule. Mes sœurs, frères ou cousins et cousines étaient dans leurs chambres, et mes tantes étaient sorties. Tout était calme. J'ai dit que oui et nous sommes entrés dans la cuisine en désordre et baignée de soleil. Ober s'est assis à la table blanche, qui était mouchetée d'éclats dorés. J'ai pris la cafetière Mr Coffee et lui ai servi un café. Il a posé sur la table une minuscule enveloppe rouge cartonnée, et m'a averti qu'elle contenait la clé d'un coffre à la banque. Je l'ai dévisagé.

J'ai l'impression que je n'en veux pas, ai-je remarqué.

Ober a bu son café et a hoché la tête, et puis il a encore hoché la tête. Il a le don de ne rien dire. Mais je pouvais le battre à ce jeu-là, et finalement il a fallu qu'il parle.

Ta mère m'a recommandé de te la remettre quand tu aurais vingt et un ans. Alors…

J'ai suivi un nombre incalculable de thérapies, cela ne me dérange donc plus d'avouer que je suis folle de rage contre ma mère. Si je suis folle de rage contre elle, c'est parce qu'elle aurait dû se préserver pour nous – pas pour lui, pour nous. Elle est morte parce qu'elle ne pouvait pas le lâcher. Elle aurait pourtant dû lâcher prise, pour nous.

Mais je sais aussi qu'elle était convaincue de pouvoir sauver n'importe qui, ce qui fait de cette histoire un accident stupide. Je veux donc penser qu'elle a vu dans le cœur de notre père une lumière inaltérable. Malgré tous les désastres foireux, une flamme stable.

Je n'arrive pas à me décider.

J'ai demandé un jour à Florian si une flamme parfaitement stable était possible. Dans un vide sans air, a-t-il répondu, en théorie une flamme parfaitement stable est possible, et pourtant impossible. Il n'y aurait pas d'oxygène, et sans lui un vrai feu ne pourrait exister.

J'ai répété à Ober que je ne voulais pas de cette clé. Il a répondu que je n'étais pas obligée de la prendre, mais qu'il la laissait là tout de même.

Comme à son habitude, il m'a serrée trop longtemps

dans ses bras, m'a dit au revoir, et il est parti. La porte s'est refermée et la clé est restée là. Et je suis restée là, moi aussi, à regarder la clé. Puis à ne pas regarder la clé. Je réfléchissais à autre chose. Pendant un long moment, je suis restée assise, à réfléchir.

Tout à coup, ma sœur ou ma tante ou un de mes cousins a fait du bruit dans la maison, et j'ai pris la clé. Je l'ai glissée dans ma poche et suis sortie par la porte de derrière. C'était le début de l'après-midi.

L'adresse de la banque était imprimée sur la petite enveloppe rouge.

J'espère que ce coffre est plein d'argent, ai-je songé en chemin. Mais je savais qu'il n'y en aurait pas. Je crois que je savais qu'il n'y aurait que des écrits. Et maintenant, comme vous le voyez, j'ai tout rassemblé, ses deux journaux intimes. L'Agenda Rouge. Le Carnet Bleu. Ses notes sur Catlin. Mes tableaux de souvenirs. J'ai aussi complété certains événements, rétabli certains liens. Cela m'a parfois aidée de parler à May. D'autres fois, j'ai imaginé que j'étais ma mère. Ou mon père. J'ai écrit leur histoire de mille façons. J'ai interrogé leur psychothérapeute, qui a décidé qu'il valait mieux aider les vivants que les morts et a relu ses notes avec moi, a ri et pleuré avec moi. Donc vous voyez, je suis la troisième personne de ces écrits. Je suis celle qui a le don d'omniscience, un talent – j'ignore si beaucoup de gens le savent – que les enfants acquièrent quand ils perdent leurs parents. C'est aussi, bien sûr, ma thèse de maîtrise. Je suis un écrivain dans un cursus d'écriture, et c'est ici que je remercie mes guides. Merci, les parents, vous m'avez laissé votre mariage, mon matériau, ce qui constitue ma vie.

Je suis folle de rage contre toi, maman, mais tout de même : tu m'as confié la narration.

J'ai dit que je réfléchissais après le départ d'Ober, debout dans la cuisine chaude qui sentait le chien. Je regardais la clé, sans savoir si je la prendrais, la laisserais là, ou la prendrais et la jetterais à la poubelle. En fait, je ne réfléchissais pas, je ne prenais pas de décision ; je me souvenais. J'étais bloquée dans un souvenir qui m'est revenu très souvent. Il est toujours si réel que j'oublie ce qui m'entoure et qu'il paraît se dérouler de nouveau.

Il y a les mots très nets au téléphone : *Service de Secours de l'île*. Puis la voix de la femme m'indiquant d'aller au bout du chemin et d'attendre à l'entrée menant à la maison, pour que l'équipe de sauveteurs soit certaine de me voir, ou de nous voir, aussitôt. Et je me souviens de mon soulagement à l'idée qu'il y ait des instructions et que l'on ferait quelque chose. Et de nous trois qui nous tournions vers la surface miroitante du lac, immense et froid. Nous avons quitté l'appontement et grimpé dans l'obscurité encapuchonnée du sentier, les grands bouleaux et les pins plus grands encore au-dessus de nos têtes, et nous avons marché ensemble jusqu'à ce que nous sortions de ce vert étourdissant, en direction de l'entrée, que signalait une rame sur laquelle était inscrit un numéro destiné aux pompiers, fixée à un sapin à l'aide d'une vieille corde. Et je me souviens de nous trois, les gamins, les chiens à côté de nous, plantés sur la chaussée de la grande route large et chaude qui ceinturait l'île. Et maintenant, d'après mon souvenir je vois qu'il était midi, le soleil droit sur nos têtes ce jour-là, et sous nos pieds la chaussée était chaude, brûlante, et c'était agréable, et il était midi et il n'y avait pas d'ombre sous nous, ni nulle part autour de nous, tout était étincelant, plat, éblouissant, et puis les sirènes ont commencé à enfler et à diminuer et à devenir plus sonores tandis qu'elles enflaient et diminuaient jusqu'à ce qu'elles soient là.

DU MÊME AUTEUR

*Aux Éditions Albin Michel*

L'ÉPOUSE ANTILOPE, 2002.

DERNIER RAPPORT SUR LES MIRACLES À LITTLE NO HORSE, 2003.

LA CHORALE DES MAÎTRES BOUCHERS, 2005.

CE QUI A DÉVORÉ NOS CŒURS, 2007.

LOVE MEDICINE, 2008.

LA MALÉDICTION DES COLOMBES, 2010.

LA DÉCAPOTABLE ROUGE, 2012.

**« Terres d'Amérique »**

Collection dirigée par Francis Geffard

CHRIS ADRIAN

*Un ange meilleur*, nouvelles

SHERMAN ALEXIE

*Indian Blues*, roman
*Indian Killer*, roman
*Phoenix, Arizona*, nouvelles
*La Vie aux trousses*, nouvelles
*Dix Petits Indiens*, nouvelles
*Red Blues*, poèmes
*Flight*, roman
*Danses de guerre*, nouvelles

GAIL ANDERSON-DARGATZ

*Remède à la mort par la foudre*, roman
*Une recette pour les abeilles*, roman

DAVID BERGEN

*Une année dans la vie de Johnny Fehr*, roman
*Juste avant l'aube*, roman
*Un passé envahi d'ombres*, roman
*Loin du monde*, roman

JON BILLMAN

*Quand nous étions loups*, nouvelles

TOM BISSELL

*Dieu vit à Saint-Pétersbourg*, nouvelles

AMANDA BOYDEN

*En attendant Babylone*, roman

JOSEPH BOYDEN

*Le Chemin des âmes*, roman
*Là-haut vers le nord*, nouvelles
*Les Saisons de la solitude*, roman

KEVIN CANTY

*Une vraie lune de miel*, nouvelles

DAN CHAON

*Parmi les disparus*, nouvelles
*Le Livre de Jonas*, roman
*Cette vie ou une autre*, roman

BROCK CLARKE

*Guide de l'incendiaire des maisons d'écrivains en Nouvelle-Angleterre*, roman

MICHAEL CHRISTIE

*Le Jardin du mendiant*, roman

CHRISTOPHER COAKE

*Un sentiment d'abandon*, nouvelles

CHARLES D'AMBROSIO

*Le Musée des poissons morts*, nouvelles
*Orphelins*, récits

CRAIG DAVIDSON

*Un goût de rouille et d'os*, nouvelles
*Juste être un homme*, roman

RICK DEMARINIS

*Cœurs d'emprunt*, nouvelles

ANTHONY DOERR

*Le Nom des coquillages*, nouvelles
*À propos de Grace*, roman

DAVID JAMES DUNCAN

*La Vie selon Gus Orviston*, roman

DEBRA MAGPIE EARLING

*Louise*, roman

GRETEL EHRLICH

*La Consolation des grands espaces*, récit

LOUISE ERDRICH

*L'Épouse Antilope*, roman
*Dernier rapport sur les miracles à Little No Horse*, roman
*La Chorale des maîtres bouchers*, roman
*Ce qui a dévoré nos cœurs*, roman
*Love Medicine*, roman
*La Malédiction des colombes*, roman
*La Décapotable rouge*, nouvelles

BEN FOUNTAIN

*Brèves rencontres avec Che Guevara*, nouvelles

TOM FRANKLIN

*Le retour de Silas Jones*, roman

JUDITH FREEMAN

*Et la vie dans tout ça, Verna ?*, roman
*Dernières épouses*, roman

JAMES GALVIN

*Prairie*, récit
*Clôturer le ciel*, roman

DAGOBERTO GILB

*Le Dernier Domicile connu de Mickey Acuña*, roman
*La Magie dans le sang*, nouvelles

LEE GOWAN

*Jusqu'au bout du ciel*, roman

PAM HOUSTON

*J'ai toujours eu un faible pour les cow-boys*, nouvelles
*Une valse pour le chat*, roman

RICHARD HUGO

*La Mort et la Belle Vie*, roman
*Si tu meurs à Milltown*

KARL IAGNEMMA

*Les Expéditions*, roman

MATTHEW IRIBARNE

*Astronautes*, nouvelles

THOM JONES

*Le Pugiliste au repos*, nouvelles
*Coup de froid*, nouvelles
*Sonny Liston était mon ami*, nouvelles

SANA KRASIKOV

*L'an prochain à Tbilissi*, nouvelles

THOMAS KING

*Medicine River*, roman
*Monroe Swimmer est de retour*, roman
*L'Herbe verte, l'eau vive*, roman

WILLIAM KITTREDGE

*La Porte du ciel*, récit
*Cette histoire n'est pas la vôtre*, nouvelles

KARLA KUBAN

*Haute Plaine*, roman

RICHARD LANGE

*Dead Boys*, nouvelles
*Ce monde cruel*, nouvelles

CRAIG LESLEY

*Saison de chasse*, roman
*La Constellation du Pêcheur*, roman
*L'Enfant des tempêtes*, roman

BRIAN LEUNG

*Les Hommes perdus*, roman

DEIRDRE MCNAMER

*Madrid, Montana*, roman

DAVID MEANS

*De petits incendies*, nouvelles

DINAW MENGESTU

*Les belles choses que porte le ciel*, roman
*Ce qu'on peut lire dans l'air*, roman

BRUCE MURKOFF

*Portés par un fleuve violent*, roman

JOHN MURRAY

*Quelques notes sur les papillons tropicaux*, nouvelles

RICHARD NELSON

*L'Île, l'océan et les tempêtes*, récit

DAN O'BRIEN

*Brendan Prairie*, roman

LOUIS OWENS

*Même la vue la plus perçante*, roman
*Le Chant du loup*, roman
*Le Joueur des ténèbres*, roman
*Le Pays des ombres*, roman

KEVIN PATTERSON

*Dans la lumière du Nord*, roman

BENJAMIN PERCY

*Sous la bannière étoilée*, nouvelles
*Le canyon*, roman

DONALD RAY POLLOCK

*Le Diable, tout le temps*, roman

SUSAN POWER

*Danseur d'herbe*, roman

ERIC PUCHNER

*La Musique des autres*, nouvelles
*Famille modèle*, roman

ELWOOD REID

*Ce que savent les saumons*, nouvelles
*Midnight Sun*, roman
*La Seconde Vie de D.B. Cooper*, roman

JON RAYMOND

*Wendy & Lucy*, nouvelles

EDEN ROBINSON

*Les Esprits de l'océan*, roman

KAREN RUSSEL

*Swamplandia*, roman

GREG SARRIS

*Les Enfants d'Elba*, roman

NATHAN SELLYN

*Les Caractéristiques de l'espèce*, nouvelles

GERALD SHAPIRO

*Les Mauvais Juifs*, nouvelles
*Un schmok à Babylone*, nouvelles

LESLIE MARMON SILKO

*Cérémonie*, roman

MARK SPRAGG

*Là où les rivières se séparent*, récit

MARLY SWICK

*Dernière saison avant l'amour*, nouvelles

WELLS TOWER

*Tout piller, tout brûler*, nouvelles

DAVID TREUER

*Little*, roman
*Comme un frère*, roman
*Le Manuscrit du Dr Apelle*, roman

BRADY UDALL

*Lâchons les chiens*, nouvelles
*Le Destin miraculeux d'Edgar Mint*, roman
*Le Polygame solitaire*, roman

GUY VANDERHAEGHE

*La Dernière Traversée*, roman
*Comme des loups*, roman

VENDELA VIDA

*Se souvenir des jours heureux*, roman

WILLY VLAUTIN

*Motel Life*, roman
*Plein nord*, roman

JAMES WELCH

*L'Hiver dans le sang*, roman
*La Mort de Jim Loney*, roman
*Comme des ombres sur la terre*, roman
*L'Avocat indien*, roman
*À la grâce de Marseille*, roman
*Il y a des légendes silencieuses*, poèmes

SCOTT WOLVEN

*La Vie en flammes*, nouvelles

*Composition IGS-CP*
*Impression CPI Bussière en août 2012*
*à Saint-Amand-Montrond (Cher)*
*Éditions Albin Michel*
*22, rue Huyghens, 75014 Paris*
*www.albin-michel.fr*

*ISBN : 978-2-226-24307-2*
*ISSN : 1272-1085*
*N° d'édition : 19547/01. – N° d'impression : 122554/4.*
*Dépôt légal : septembre 2012.*
*Imprimé en France.*